EXEMPLAR NR. _ _ _

ESCAPE STORIES
MISSION MONDLANDUNG

Dieses rasante Abenteuer ist mit erstaunlichen Fakten über die Apollo-Raumflüge zum Mond vollgepackt, mit denen die NASA in den Sechzigerjahren des 20. Jahrhunderts begann. Aber es ist kein Geschichtsbuch! Du wirst auf deiner Reise Personen begegnen, die tatsächlich gelebt haben, wir haben uns aber von verschiedenen Raumfahrtmissionen inspirieren lassen und sie kombiniert. Du willst mehr über die Fakten wissen? Dann blättere zu meinen Akten ganz hinten in diesem Buch!

„Houston, wir hatten ein Problem!"
—Jim Lovell, Kommandant des Raumflugs von Apollo 13

ESCAPE STORIES
MISSION MONDLANDUNG

VON BILL DOYLE
ILLUSTRATIONEN VON SARAH SAX & DIR

Loewe

FSC
www.fsc.org
MIX
Papier aus verantwortungsvollen Quellen
FSC® C014496

978-3-7432-0913-8
1. Auflage 2021
Erschienen unter dem Originaltitel *Escape this Book! Race to the Moon*

Aus dem Amerikanischen übersetzt von Bea Reiter
Umschlaggestaltung: Jennifer Wunderwald
Printed in the EU

www.loewe-verlag.de

FÜR DIE TRÄUMER, DRAUFGÄNGER
UND MACHER BEI DER NASA.
- B.D.
FÜR A.S.: DANKE FÜR VIELE,
VIELE MEILEN
- S.S.

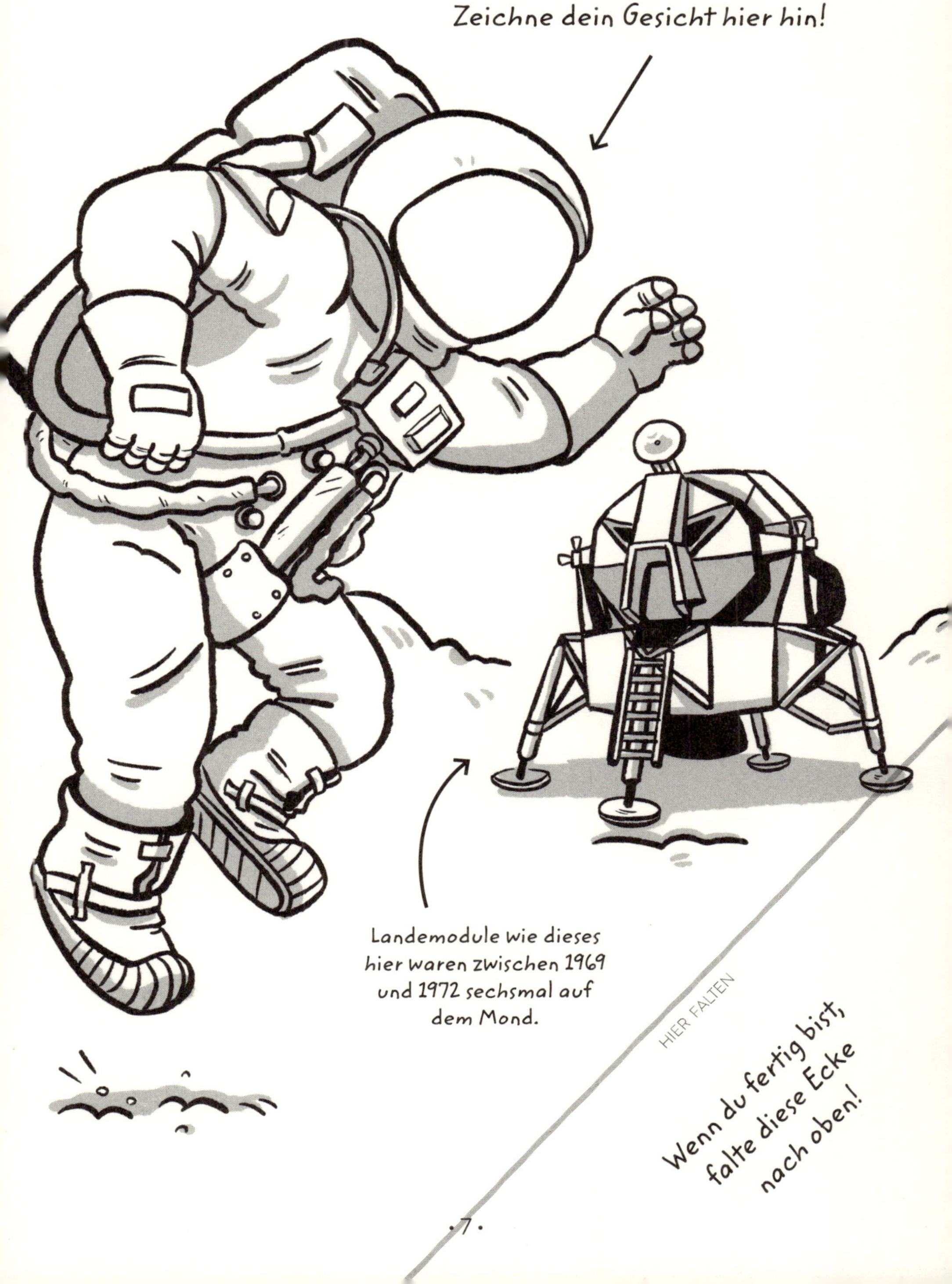
Zeichne dein Gesicht hier hin!
Landemodule wie dieses hier waren zwischen 1969 und 1972 sechsmal auf dem Mond.
HIER FALTEN
Wenn du fertig bist, falte diese Ecke nach oben!

Du bist in diesem Buch GEFANGEN ...
und dieses Buch ist eine Apollo-Mission zum Mond!

Nach ein paar Seiten wirst du als Kommandant eines Raumflugs die Erde verlassen, in einem Mondauto über den Himmelskörper rasen oder als Flugleiter im Kontrollzentrum die Crew vom Boden aus führen!

Wer ich bin? Der beste Entfesselungskünstler der Welt! Ich suche einen Assistenten für einen Spezialauftrag. Du wirst mehr erfahren – auch, wie du mich finden kannst! –, WENN du deine Fähigkeiten unter Beweis gestellt hast und aus diesem Buch entkommen bist.

Ich habe dir mein Murmeltier Amicus geschickt, das dich bei deinem Abenteuer begleiten und mir Bericht erstatten wird. Amicus ist ein Meister der Tarnung. (Natürlich nicht so talentiert wie ich!) Du wirst ihn erst sehen können, wenn du ihn zeichnest. Ich werde dir sagen, wenn er in der Nähe ist, dann kannst du nach ihm suchen!

Zeichne hier meinen Helfer Amicus hin!

Du fragst dich, wie mein Helfer aussieht? Wie eine übergewichtige Kreuzung zwischen einem Erdmännchen und einem Eichhörnchen!

Wenn du überleben willst, musst du den Ausgang aus diesem Buch finden. Und dazu musst du *basteln*, *zeichnen* und dich *entscheiden*. Hier sind drei schnelle Aufgaben für dich, damit du ein bisschen üben kannst.

Basteln!

Schnelle Übung 1

Mach dir keine Sorgen um die Buchseiten! Wenn ich es dir sage, musst du das Papier zerreißen, knicken oder zusammendrücken – jede Sekunde zählt!

Öffne die Luke dieser Raumkapsel, damit du hineinklettern kannst!

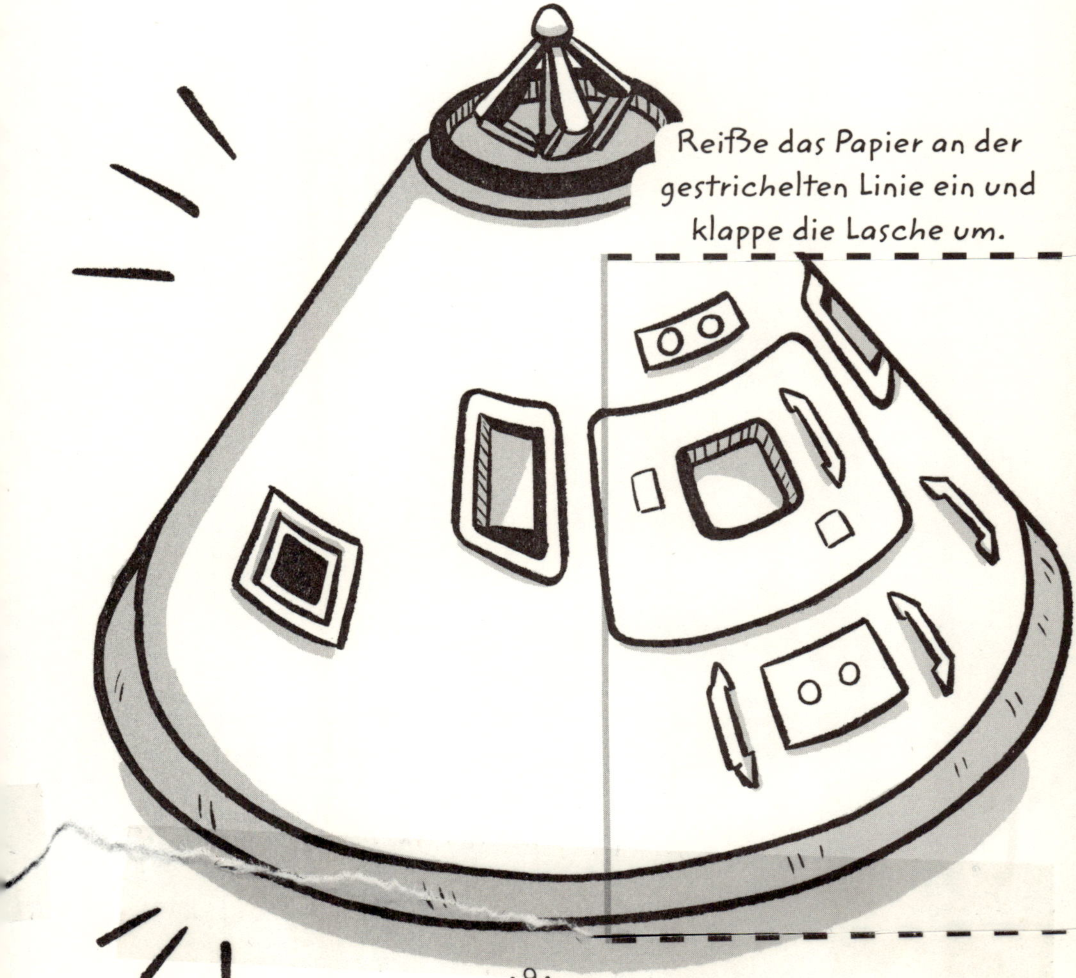

Bist du bereit, schnelle Entscheidungen zu treffen, um aus diesem Buch zu entkommen? Ganz hinten findest du meine Akten, in denen viele Informationen stehen, die du bestimmt gut gebrauchen kannst. Blättere dort hin, wenn ich es dir sage, wenn du diesen Ordner siehst oder immer, wenn du Lust dazu hast!

Entscheiden!

Schnelle Übung 2

Mit der Saturn-V-Rakete wurden die Apollo-Raumflüge ins All gebracht. Sie war über 36 Stockwerke hoch und eine der größten und stärksten Raketen, die je eingesetzt wurden!

Versuchen wir es mit deiner ersten Entscheidung.

Willst du vor dem Start noch mehr über die Saturn V erfahren? Blättere zu Seite 181.

Wenn du glaubst, bereits genug zu wissen, kannst du auf der nächsten Seite weiterlesen.

Gleich geht's los! Ein spitzer Bleistift oder ein Kugelschreiber hilft dir dabei, dich aus einer schwierigen Situation „rauszumalen" oder Seiten zu „durchbohren", wenn du zeichnen und basteln musst!

Zeichnen!

Schnelle Übung 3

Du wirst an der Spitze der gewaltigen Saturn V zum Mond geschossen – und in einer kleinen Kapsel wieder in die Erdatmosphäre zurückkehren. Aber noch hast du es nicht geschafft. Du musst erst sicher im Meer landen.

Dein Raumfahrzeug kommt zu schnell zur Erde zurück. Es wird auf der Wasseroberfläche zerschellen! Beeil dich! Zeichne hier einen Fallschirm hin und hier noch einen, um deinen Fall zu bremsen.

280 Stundenkilometer

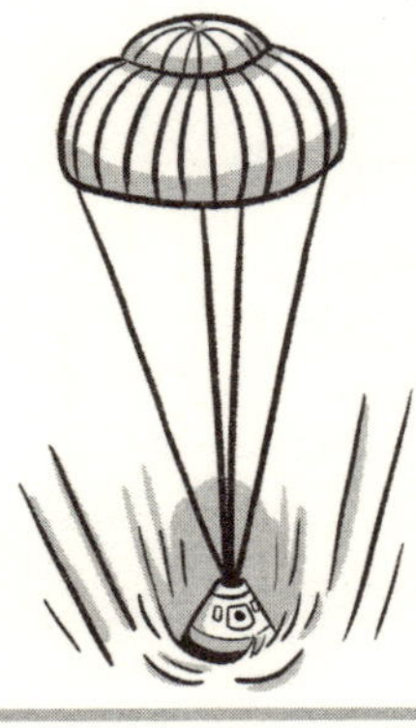

3.000 Meter über der Erdoberfläche

Wenn du fertig bist, reiße die Seite entlang der gestrichelten Linien ein und klappe die Lasche nach oben.

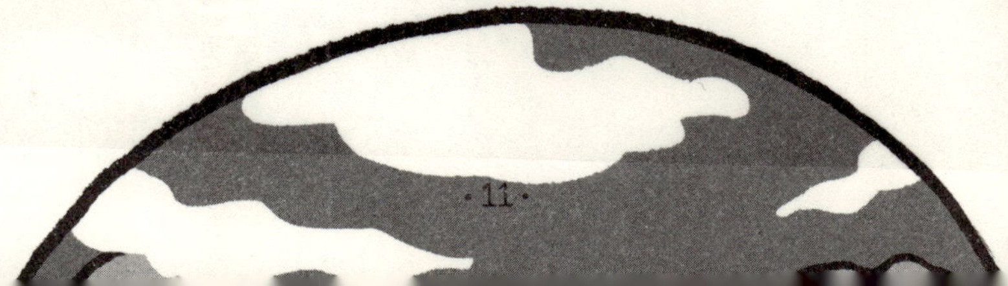

Gut gemacht! Du weißt jetzt, wie es geht. Mach dich bereit für den Start und erfahre mehr über das Apollo-Programm!

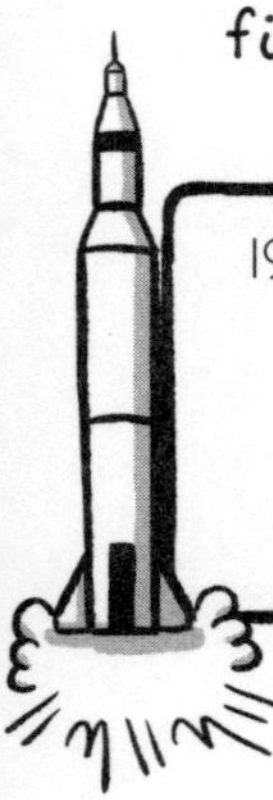

1961 hat Präsident John F. Kennedy die Vereinigten Staaten vor eine beispiellose Aufgabe gestellt und angekündigt, einen Menschen zum Mond zu bringen.

Die NASA führte sechs Apollo-Raumflüge durch, mit denen zwölf Astronauten auf dem Mond landeten, die ersten beiden waren 1969 Neil Armstrong und Edwin „Buzz" Aldrin.

„NASA" steht für „National Aeronautics and Space Administration".

Bei jeder Apollo-Mission reisten drei Crewmitglieder über eine Million Kilometer durch den Weltraum zum Mond und wieder zurück.

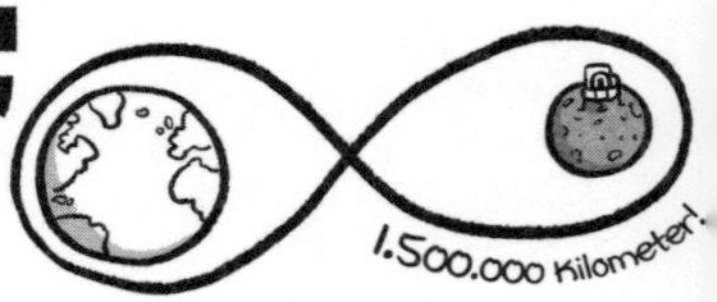

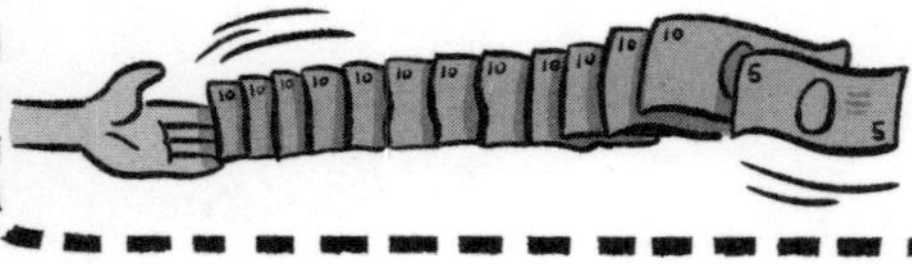

Das Apollo-Programm kostete etwa 25 Milliarden US-Dollar – das sind fast 125 US-Dollar für jeden Menschen, der 1969 in den Vereinigten Staaten gelebt hat.

Geh zur nächsten Seite.

Großartig! Die Kapsel legt eine perfekte Landung im Wasser hin!

Blättere um.

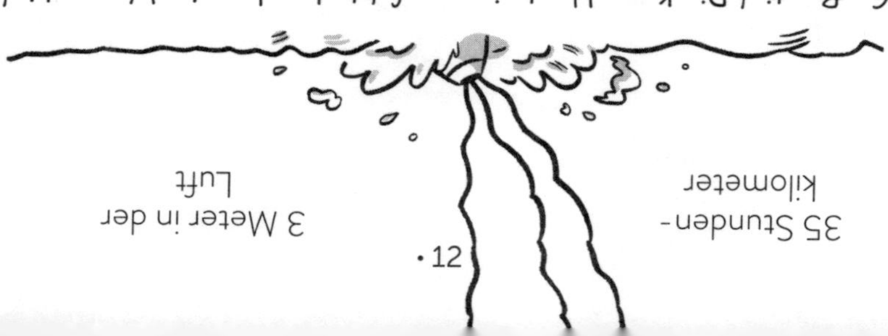

Wer willst DU bei diesem spannenden Abenteuer sein?

Schreibe deinen Namen auf eine der Linien unten.
Ich werde dich später hierher zurückschicken,
damit du auch die anderen Wege ausprobieren kannst!

Achtung – Schwierigkeitsalarm! Du kannst die Wege in beliebiger Reihenfolge durchrätseln. Aber sei gewarnt: Ich habe sie nach Schwierigkeitsgrad geordnet aufgelistet – von ziemlich schwierig bis zu gigantisch schwierig.

KOMMANDANT

Als Chefastronaut wirst du im Weltraum das Sagen haben. Kannst du zum Mond und wieder zurück reisen und dabei vielen gefährlichen Situationen entkommen?
Ab mit dir auf Seite 126.

MOND-AUTOFAHRER

Du wirst den Mond auf vier Rädern erkunden. Aber hast du auch das Zeug dazu, sicher auf der Mondoberfläche zu landen?
Blättere schnell zu Seite 74.

FLUG-LEITER

Du bist der Chef des Kontrollzentrums in Houston. Kannst du innerhalb von Sekundenbruchteilen Entscheidungen über Leben und Tod treffen?
Geh voraus zu Seite 14.

Viel Glück. (Du wirst es brauchen!)

WEG DES FLUGLEITERS

Du bist also der Meinung, dass du drei Astronauten viele Tausend Kilometer durch eine feindliche Umgebung zu einem sicheren Landeplatz auf dem Mond führen kannst? Hm ... Ich bin mir da nicht so sicher. Zuerst musst du mir zeigen, dass du weißt, wo du gerade bist!

Es ist dir sicher nicht entgangen, dass du im Kontrollzentrum arbeitest. Du triffst dort alle wichtigen Entscheidungen während des Flugs und behältst das Raumschiff und die Crew rund um die Uhr im Auge. Die Rakete, die in diesem Moment für den Start vorbereitet wird, befindet sich 1.600 Kilometer von dir entfernt.

Beweise mir, dass du weißt, wie man ins Kontrollzentrum kommt. Geh durch das Labyrinth, von START bis ENDE. Verwende die Buchstaben auf deinem Weg, um die Lücken unten zu füllen:

Rätselsatz: ____ ____ ____ ____

Wenn du fertig bist, geh zur nächsten Seite.

Wenn du Hilfe brauchst, blättere zu Seite 189.

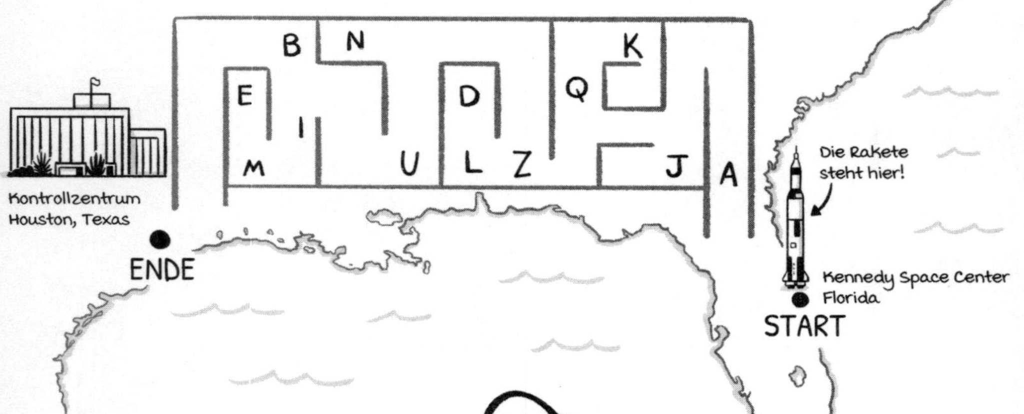

Als Flugleiter musst du während eines Raumflugs *schnelle*, *mutige* Entscheidungen treffen. Du musst aus vielen Fallen entkommen! Genau genommen befindest du dich jetzt gerade in so einer Falle – du weißt es nur nicht.

Zeichne eine lange Wellenlinie von ____ ____ ____ ____.

Schreibe hier den Rätselsatz hin!

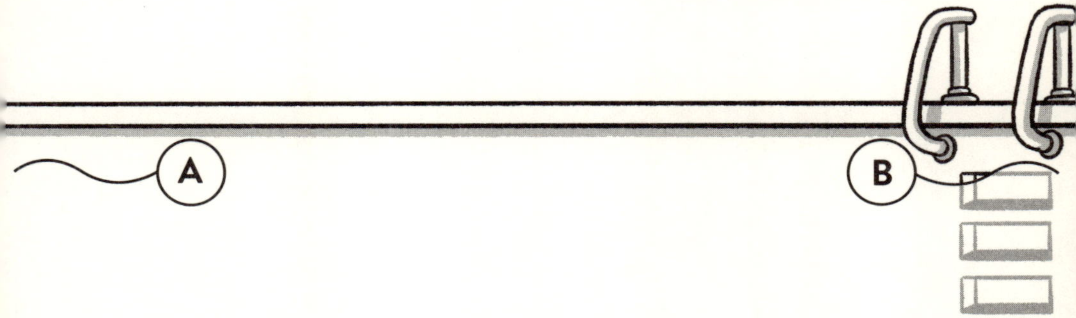

Zeichne hier fünf kurze, **fette** Wellenlinien hin, die aussehen wie tanzende Würmer. Ich habe schon ein paar für dich gemalt – weil ich so furchtbar nett bin.

Wenn du mit deiner Zeichnung fertig bist, reiße die Seite entlang der gestrichelten Linie ein und klappe die Lasche um. Dann siehst du, wo du bist.

Du bist gestolpert und in den Swimmingpool gefallen, in dem die Astronauten für ihre Raumflüge trainieren. Nicht gerade der beste Auftakt für einen Starttag, Flugleiter!

Zum Glück arbeitet deine große Schwester Lynette auch für die NASA. Sie steht am Rand des Beckens und ruft deinen Namen: „Blubb blubb!“

Hm. Haben während der Apollo-Raumflüge viele Frauen bei der NASA gearbeitet? Blättere zu meinen Akten, dann findest du es heraus.

Blubb blubb? Heißt du wirklich so? Nein, Moment. Lynette klingt nur deshalb so komisch, weil du immer noch unter Wasser bist. Als du prustend an die Oberfläche kommst, fängt sie an zu lachen. „Du hast dich ja schon immer gerne kopfüber in die Arbeit gestürzt!“

Was schwimmt denn da neben dir? Ein Foto von deiner Familie ist dir aus der Hosentasche gerutscht.

Zeichne dich selbst in das Foto! Und vergiss nicht deinen Hund – du hast ihn Sputnik genannt, nach dem ersten Satelliten, der 1957 die Erde umkreist hat. Wenn du fertig bist, geh zur nächsten Seite.

Du schnappst dir ein Handtuch und willst zur Tür gehen, aber Lynette hält dich auf.

„Zuerst musst du mir bei dieser Simulation helfen“, sagt sie. „Die Astronauten, die im Pool trainieren, sollen das Gefühl haben, auf dem Mond zu sein. Fällt dir eine Lösung ein?“

Mit einer Simulation kann man etwas durchspielen, z. B. ein Problem, das die Astronauten im Weltraum haben könnten.

Und? Hast du eine Idee?

Wenn du Luft in die Anzüge der Astronauten pumpst, können sie sich vielleicht vorstellen, wie es auf dem Mond ist.

Mit wie viel Druck willst du Luft in die Anzüge der Astronauten pumpen? Ziehe die Linie ab der gewählten Einstellung nach, klappe die Lasche um und folge den Anweisungen.

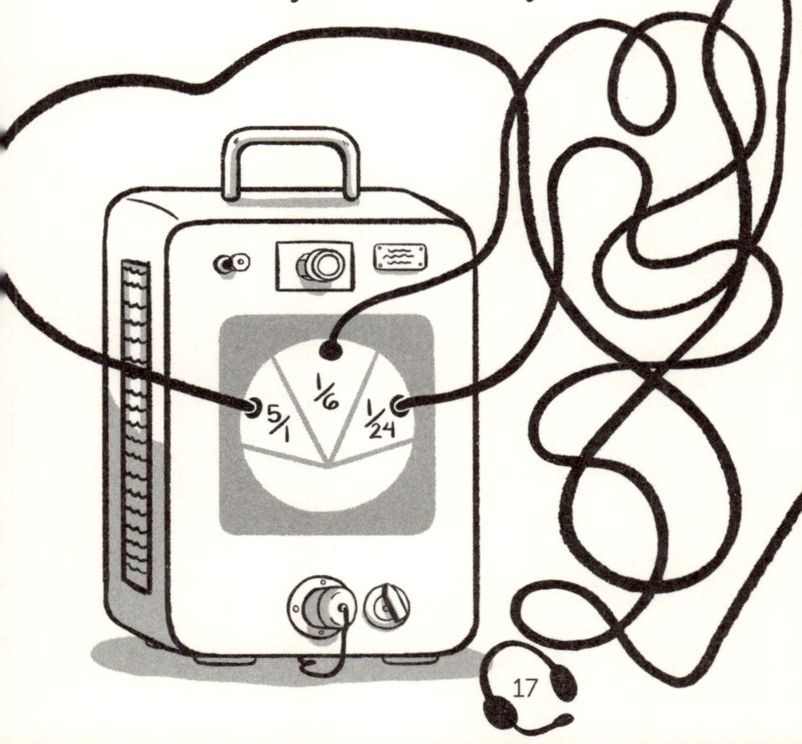

„Das hat funktioniert!“, sagt Lynette. „Und jetzt solltest du besser ins Kontrollzentrum gehen. Schließlich ist heute ja *so eine Art* großer Tag.“

So eine Art? Das war natürlich scherzhaft gemeint. Heute ist der GRÖSSTE Tag – der Starttag! Der halbstündige Countdown für den Start hat bereits begonnen.

„Wenn du mich brauchst, bin ich für dich da“, verspricht Lynette, während sie dir auf den Rücken klopft. „Versuche einfach, nicht noch mal in einen Swimmingpool zu fallen, dann wird schon alles gut gehen.“

Ich mag sie!

Und jetzt mach dich an die Arbeit – geh schnell zu Seite 20.

Versuch's noch mal!

Gut gemacht! Blättere zu Seite 18!

Versuch's noch mal!

„Wir müssen herausfinden, warum Alex es nicht schafft, an das Landemodul anzudocken …“, sagst du. „Warum schicken wir nicht einen der Astronauten aus dem CSM raus, um es zu reparieren?“

„Das geht nicht“, erklärt Lynette. „Die Raumanzüge werden im Vakuum des Weltraums zu steif. Außerdem schießt die Herzfrequenz der Astronauten in die Höhe, wenn sie sich körperlich anstrengen, und sie hätten große Schwierigkeiten, wieder in das Innere des Raumfahrzeugs zu gelangen.“

Ich werde dir zeigen, was Lynette meint.

1. Bohre mit einem Stift ein Loch hier hinein.

2. Bewege den Stift zur Seite.

3. Schiebe ihn durch das Loch.

Du schaffst es nicht, stimmt's? So ungefähr würde sich ein Astronaut in einem steifen Raumanzug fühlen, der versucht, wieder in das CSM zu gelangen.

Blättere zu Seite 54.

Welche Kapseln werden die Erde erreichen, wenn sie ihre Flugbahn beibehalten? Kreise die Buchstaben ein und schreibe sie in Lücke Nr. 1 und Nr. 2 im Kontrollzentrum.

Sieh dir die Haut dieses Astronauten genau an – Mondfieber oder nur Pickel? Egal. Verbinde die Punkte miteinander. Welche Buchstaben hast du gezeichnet? Schreibe sie in Lücke Nr. 3 und Nr. 4 im Kontrollzentrum.

RAKETEN-CONTROLLER

Dieser Techniker sorgt dafür, dass die Triebwerke ordnungsgemäß zünden und das Raumschiff sich in die richtige Richtung bewegt. Reiße das Papier entlang der gestrichelten Linie ein und klappe die Lasche um, wenn du diesen Job ausprobieren willst.

FLUGARZT

Dieser Arzt überwacht die Gesundheit der Crew!

SEITE 182

Klappe die Lasche um und probiere deine medizinischen Fähigkeiten aus.

WILLKOMMEN IM KONTROLLZENTRUM

Hier arbeitet eine kleine Gruppe von Fluglotsen – unterstützt von ungefähr 400.000 Ingenieuren, Technikern, Wissenschaftlern und anderen Menschen aus der ganzen Welt. Du bist der Flugleiter und damit der Chef von allen!

Um Karriere bei der NASA zu machen, musst du zuerst diese vier Jobs ausprobieren. Reiße das Papier entlang der gestrichelten Linien ein und klappe die vier Laschen um, eine nach der anderen. Wenn du alle vier Aufgaben erledigt hast, ergibt sich die Seitenzahl, auf der es weitergeht.

GEH ZU SEITE

__ __ __ __ __ __ __ __
1 2 3 4 5 6 7 8

*Brauchst du Hilfe?
Blättere zu Seite 189.*

KAPSEL-KOMMUNIKATOR

Der CAPCOM ist meist ein ausgebildeter Astronaut, der den direkten Draht zwischen der Crew und der Bodenstation bildet. Er kennt sämtliche Fachausdrücke und kann komplizierte Informationen an die Crew weitergeben.

Klappe die Lasche um und mache dich an die Arbeit.

SYSTEMTEST

Angefangen bei Computern bis hin zur Temperatursteuerung – die Elektronik des Raumschiffs musst du in- und auswendig kennen. Klappe die Lasche um!

Schreibe den ersten Buchstaben dieser Nachricht in Lücke Nr. 8 im Kontrollzentrum und den ersten Buchstaben des letzen Wortes in die Lücken Nr. 5 und 6.

Gib 8 auf

Raum + 

von 1 - s + em

anderen 

Lege diese Schalter

um, indem du sie einkreist. Die markierten Schalter bilden einen Buchstaben. Schreibe ihn in Lücke Nr. 7 im Kontrollzentrum!

Hast du schon mal versucht, König des Weltraums zu sein, wenn ein Pterodaktylus in deiner Nähe herumfliegt? Ich kann dir aus Erfahrung sagen, dass deine Herrschaft nicht lange dauern wird.

ENDE

Oje! Du hast aus den drei Astronauten so eine Art Brezelpyramide gemacht. Und Neil Armstrong hat sich gerade den Knöchel verdreht!

Mit so einer Verletzung wird er wohl kaum auf dem Mond herumspazieren können. Es wird Zeit, die Mission abzubrechen.

ENDE

„Wir haben abgehoben!“, ruft Chuck und alle fangen an zu jubeln.

Das war knapp, denkst du, während du die Rakete auf dem großen Bildschirm beobachtest.

Selbst mit einer Schubkraft von 3.400 Tonnen schießt die 2.900 Tonnen schwere Rakete nicht einfach so in den Himmel. Sie scheint sich kaum zu bewegen. Genau genommen dauert es ganze 15 Sekunden, bis die Rakete den Startturm verlassen hat.

Damit du eine Vorstellung davon bekommst, wie schwer 2.900 Tonnen sind, zeichne hier ein Elefantenbaby hin, das von der Plattform abhebt.

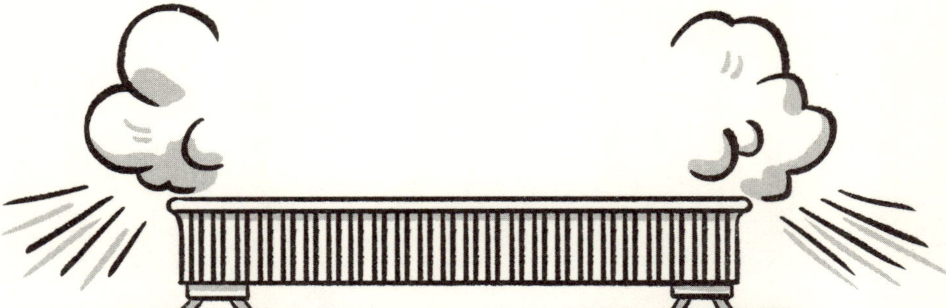

Wie viele Elefantenbabys müsstest du zeichnen, damit sie so viel wiegen wie eine einzige Saturn-V-Rakete?

Mindestens 26.000? Geh zu Seite 35.
Weniger als 150? Blättere zu Seite 29.

Genial! Genau das hat Buzz Aldrin bei der Apollo-11-Mission auch getan!

„Was meinst du?“, fragt Alan. „Sollen wir von hier verschwinden?“

Du lächelst und startest mit deinem Stift-Schalter das Triebwerk. Die Rakete zündet und du und Alan werdet kräftig durchgeschüttelt, als die Aufstiegsstufe vom unteren Teil des Landemoduls, das auf der Mondoberfläche zurückbleibt, abgetrennt wird. Das Mondauto, das zurückbleibt, ist mit Kameras ausgestattet, die filmen, wie das Landemodul in die Umlaufbahn des Mondes aufsteigt, an das CSM andockt und zur Erde zurückkehrt.

Geh zu Seite 178.

Du gerätst nicht in Panik. Schließlich weißt du, dass es noch keine Weltraummission gegeben hat, bei der alles nach Plan gelaufen ist. Während um dich herum Warnlampen blinken, fragst du ganz ruhig: „Kann ich ein Update zu den Systemen haben?“

Einer der Fluglotsen antwortet sofort: „Der Flugsteuerungscomputer des Raumschiffs kann die Höhe der Rakete nicht mehr berechnen.“

Oje. Eine Rakete, die nicht weiß, wo sie ist?
Vielleicht solltest du besser doch in Panik geraten.
Zeichne hier eine verwirrte, ahnungslose Rakete hin.
Wenn du fertig bist, blättere zu Seite 31.

Für so eine leichte Ladung sind die Triebwerke der Rakete viel zu leistungsstark! Das ist in etwa so, als würde man die *Titanic* bauen, um einen Floh übers Wasser zu bringen. Du hebst viel zu schnell ab und schießt über den Mond hinaus.

Neptun, ich komme!

ENDE

Hast du einen Pterodaktylus gezeichnet? Blättere zu Seite 23. War in deinem Bild eine Kreatur vom Mars? Geh zu Seite 124.

Gut gemacht! Du hast dir deinen Job und den wichtigsten Stuhl im Kontrollzentrum wirklich verdient! Jetzt kommst du dir ein bisschen so wie der König des Weltraums vor, stimmt's?

Zeichne dich hier als König hin. Wenn du möchtest, kannst du dir eine prächtige Krone und ein Sternenzepter spendieren. Aber in deinem Bild muss auch ein Marsianer oder ein Pterodaktylus sein. (Jeder Weltraumkönig sollte einen haben!)

Wenn du fertig bist, klappe die Lasche um.

Oh, jetzt versteh ich's! Entschuldigung. Die Rakete ist nicht verwirrt, aber ich war's.

Der Flugsteuerungscomputer kann nicht bestimmen, in welcher Höhe sich die Rakete befindet – und deshalb steigt sie immer weiter nach oben und fliegt in den Weltraum hinaus. Du musst die Kontrolle über die Rakete zurückbekommen, aber viel Zeit bleibt dir nicht.

Dir fällt ein, was der Flugleiter von Apollo 12 getan hat. Dein Bruder muss einen Neustart des Computers durchführen. Und zwar schnell!

Wähle die richtigen Wörter, um deinem Bruder die Anweisung zu geben. Es darf keine Silbe zu viel sein, dazu ist keine Zeit!

Welche Wörter liegen zwischen START und ENDE auf deinem Weg?

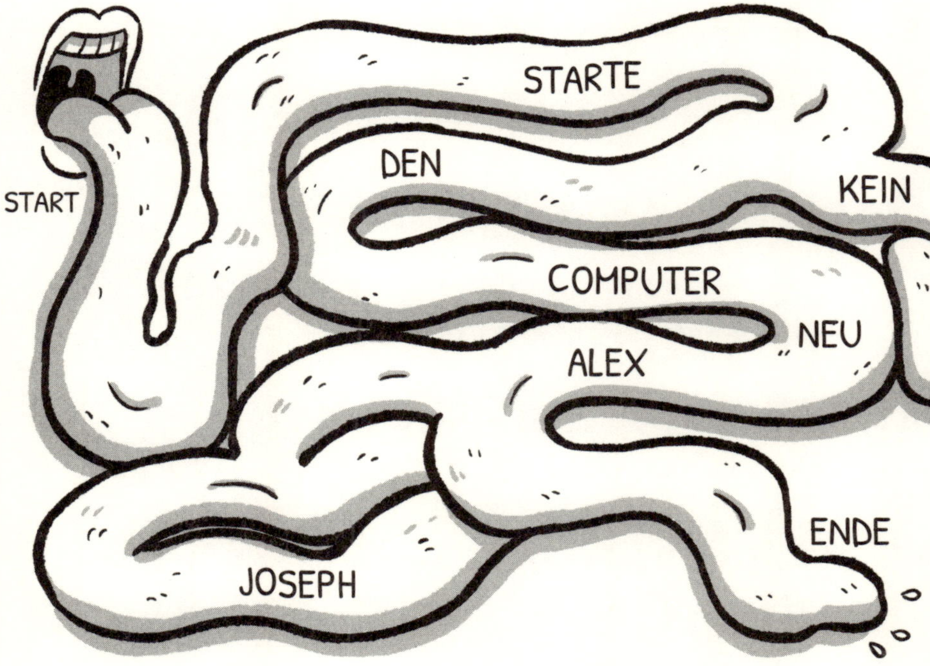

Ist eines von ihnen JOSEPH? Geh zu Seite 34.

Oder ALEX? Blättere zu Seite 160.

„Danke! Der Vergleich mit einer Sardine hat mich wenigstens zum Lachen gebracht!“, sagt dein Bruder über Funk. „Und jetzt auf zum Mond!“

„Zwölf Sekunden bis zum Start“, verkündet Chuck.

„Zündsequenz starten!“, befiehlst du. Ein Fluglotse drückt auf einen Knopf und bei T minus 8,9 Sekunden zünden – 1.600 Kilometer von dir entfernt – die Triebwerke der Rakete! Gewaltige Flammen schlagen aus der größten Rakete, die je gebaut wurde.

Die Rakete will abheben, doch im Moment wird sie noch von den riesigen Klammern der Startrampe festgehalten, damit die Triebwerke Schub aufbauen können. Es ist deine Aufgabe, die Rakete genau zum richtigen Zeitpunkt freizugeben.

Konstruiere deine eigene Startplattform, während Chuck den Countdown für den Start fortsetzt.

„Fünf …“ Zeichne die letzten Details der Rakete.

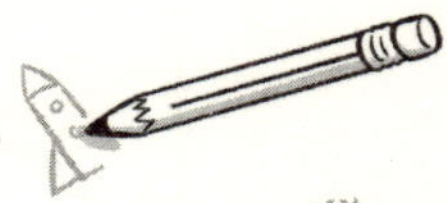

„Vier …“ Reiße das Papier entlang der Linie A ein.

„Drei …“ Reiße das Papier entlang der Linie B ein.

„Zwei …“ Klappe die beiden Streifen an Linie C so um, dass sie senkrecht nach oben stehen.

„Eins …“ Zeichne Flammen, die aus dem unteren Teil der Rakete schlagen.

„Null!“ Löse die Halteklammern! Ziehe den rechten Streifen zu dir, um die Rakete freizugeben!

Folge den Anweisungen auf der Rückseite des Streifens!

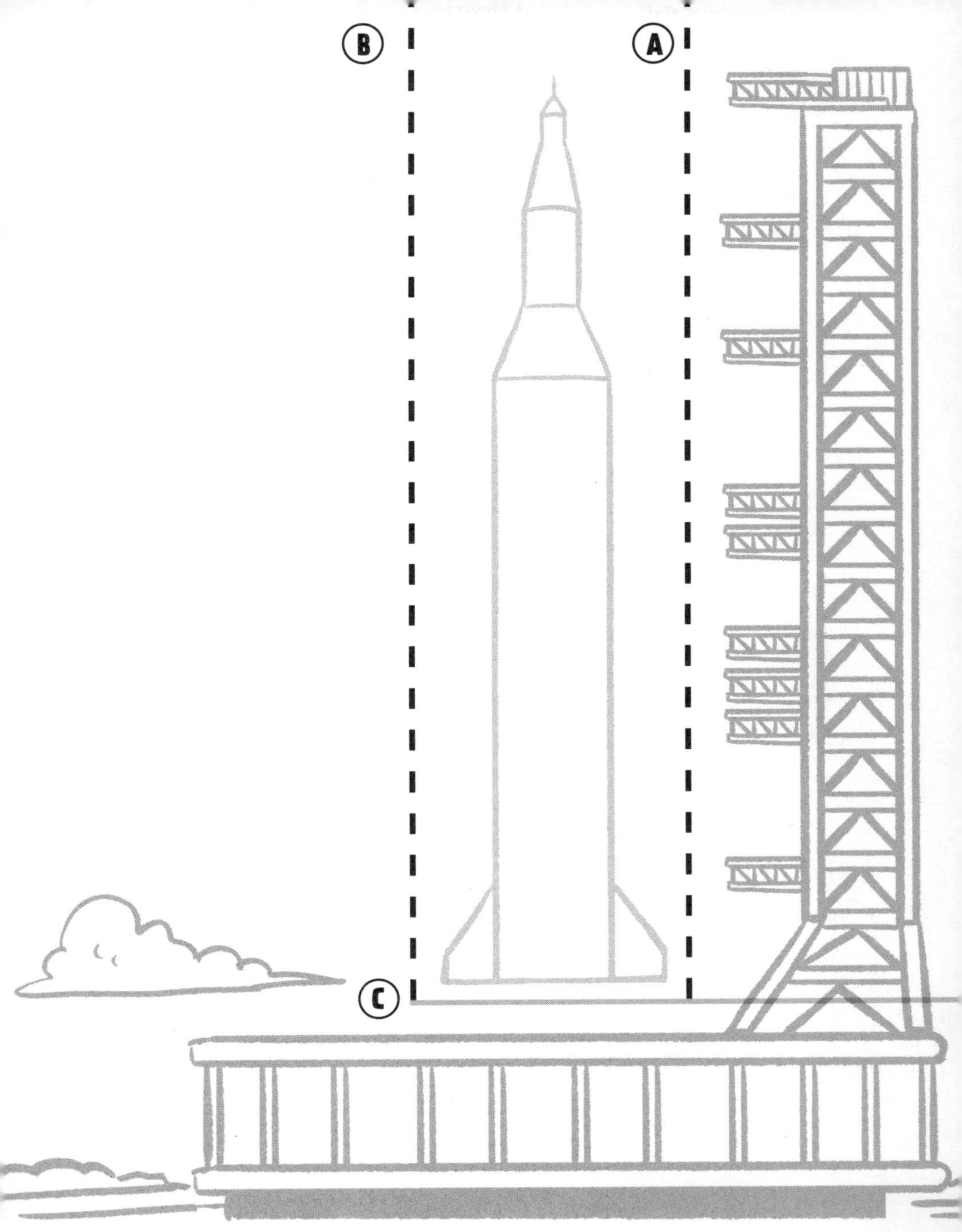
B
A
C

300 Kilometer von dir entfernt hält ein fleißiger Zoowärter Joseph, dem Gürteltier, eine Nachricht von dir unter die Nase. Joseph wirft einen kurzen Blick auf die Nachricht und …

… frisst sie auf.

Das ist meine Art, dir zu sagen, dass es auf dem aktuellen Apollo-Raumflug niemanden gibt, der Joseph heißt.

ENDE

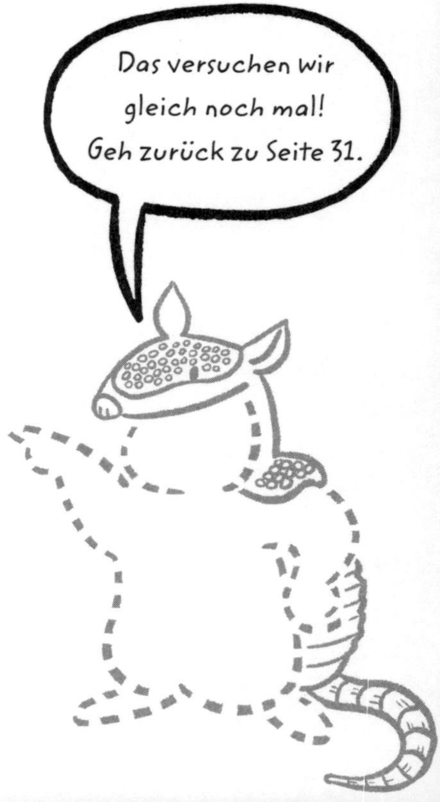

START!

Geh zu Seite 25.

Gut gemacht! Die Rakete mit deinem Bruder, Buzz und Neil steigt in den Himmel. 36 Sekunden nach dem Start willst du vor lauter Erleichterung einen tiefen Seufzer ausstoßen, als –

Peng! Gleißend helles Licht zuckt über den Bildschirm ganz vorn im Kontrollzentrum.

„Was war das denn?“, fragst du Chuck. „Ein Blitz?“

Peng! Die Rakete wird von einem zweiten Blitz getroffen.

Chuck neben dir wird blass und sieht beunruhigt aus. „Der Blitz hat irgendetwas mit dem Computer der Rakete gemacht“, erklärt er. „Wir wissen nicht mehr, in welcher Höhe die Rakete gerade ist!“

Oh, oh! Das klingt nicht gut. Was wirst du tun?

Wenn du die Mission abbrechen willst, geh zu Seite 37.
Es geht weiter? Blättere zu Seite 28.

Nachdem Alex die Schubdüsen des CSM aktiviert hat, um vom Landemodul wegzukommen, dreht er das CSM um 180 Grad, damit es an das LM andocken kann. Er will die Kopplungssonde an der Spitze des CM in den Fangtrichter an der Spitze des Landemoduls lenken.

Etwas kürzer ausgedrückt heißt das:
Hilf Alex, in die richtige Position zum Andocken zu kommen.

1. Fang in dem Feld mit dem CSM an.
2. Geh zwei Felder nach rechts.
3. Geh drei Felder nach oben.
4. Geh ein Feld nach links.
5. Geh ein Feld nach unten.
6. Schreibe die Zahl, auf der du landest, in die Lücke unten.

42	**44**	**42**	**44**	**42**
44	**42**	**44**	**42**	**44**
42	**44**	**42**	**44**	**42**
44	**42**	**44**	**42**	**44**
	**44**	**42**	**44**	**42**

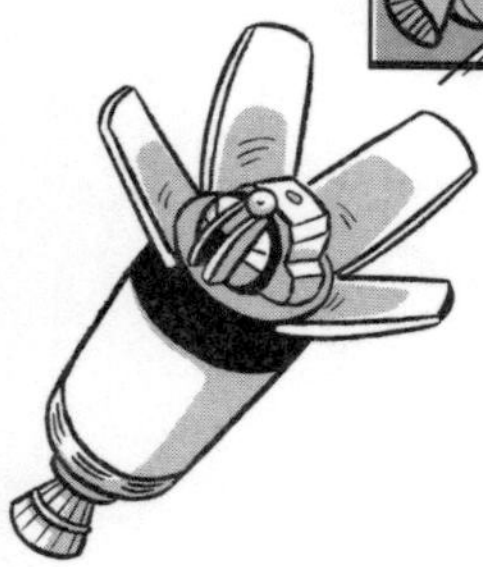

Geh zu Seite _______.

Im Kontrollzentrum gibt es nur zwei Tasten zum ABBRUCH der Mission. Eine davon hast du auf deiner Konsole, unter einem kleinen Glaskasten. Du hast gehofft, die Taste nie berühren zu müssen – denn wenn du es tust, bedeutet das, dass etwas Schreckliches geschehen ist und der Raumflug beendet werden muss.

Was wirst du tun?

Öffnest du den Glaskasten, damit du die Taste drücken kannst? Klappe die Lasche um.

Oder änderst du deine Meinung und gehst wieder zu Seite 35?

Wenn du diese Taste drückst, gibt im Raumschiff die Kontrolllampe das Signal zum ABBRUCH und dein Bruder wird sofort den Griff zum Abbrechen ziehen. Er vertraut darauf, dass du die richtige Entscheidung triffst.

Bist du dir wirklich ganz, ganz sicher, dass du diese Taste drücken willst?

Ja? Blättere um.
Nein? Geh zu Seite 28.

BUMM!

Das Startabbruchsystem – eine kleine Rakete an der Spitze der Astronautenkapsel – zündet und trennt das Kommandomodul von der Rakete. Die Kapsel wird zur Seite geschleudert und später sicher im Meer landen.

Aber dein Einsatz ist vorbei!

ENDE

Du schaffst es, das Servicemodul zu verlassen, und siehst dir den Schaden an, den die Explosion angerichtet hat. Eine Reparatur ist unmöglich, da du nicht die richtigen Werkzeuge hast. Du kletterst ins Schiff zurück …

Besser gesagt, du *versuchst* es. Ich sage es ja nur sehr ungern, aber dein Raumanzug aus den Sechzigerjahren verträgt sich nicht gut mit dem Mangel an Luft im Weltall. Er ist so steif und unförmig geworden, dass du nicht mehr durch die Luke passt. Aber wenigstens ist die Aussicht von dort oben ganz toll!

ENDE

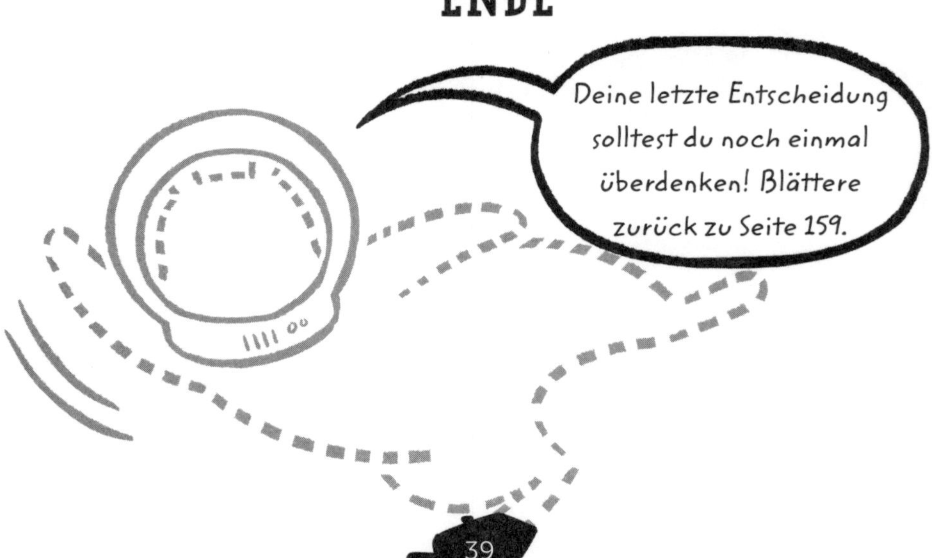

Apollo-Mission: Reise zum Mond in mehreren Etappen

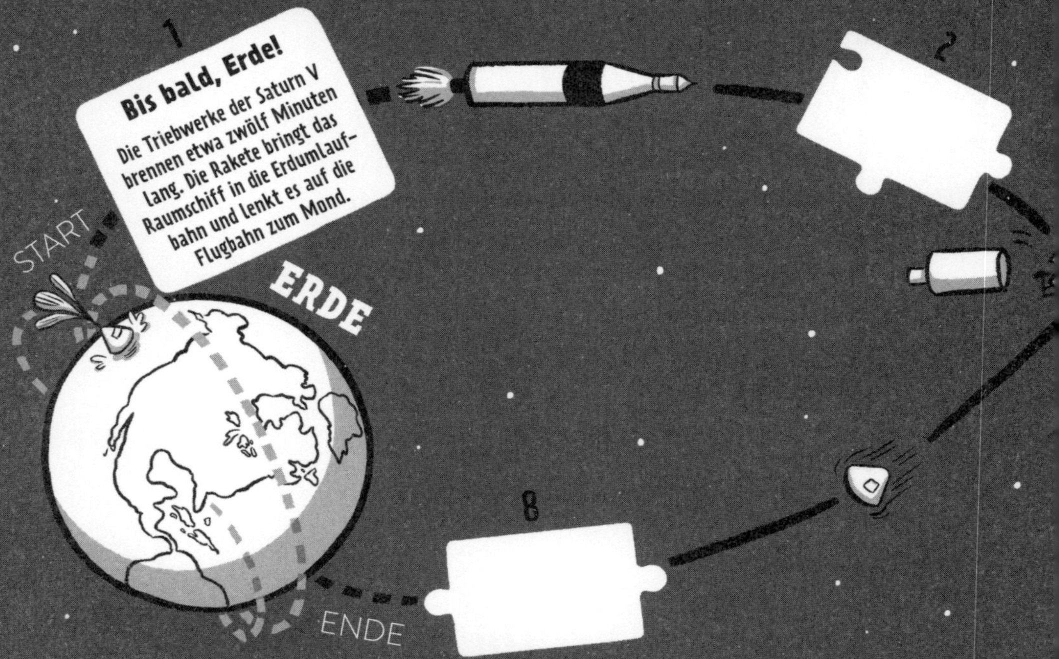

G

Ganz schön heiß hier!

Aufgrund der Reibung verwandelt sich das CM beim Eintritt in die Erdatmosphäre in einen brennenden Meteor. Drei Fallschirme öffnen sich und das CM landet im Meer.

IE

Sind wir schon da?

Bis zur Mondumlaufbahn braucht das Apollo-Raumschiff etwa drei Tage.

I

Tschüss, SM!

Das SM wird abgetrennt. Jetzt ist nur noch das CM übrig, das sich dreht, damit die Hitzeschilde zur Erde zeigen.

• Beginne bei START mit Etappe 1 und setze deine Reise fort! Suche für jedes leere Puzzleteil auf der Karte das passende Teil unten auf der Seite. Schreibe dann den oder die Buchstaben oben im Puzzleteil in die Lücken unten.

Geh zu Seite Dreiund_ _ _ _ _ _ _ _ _.

V

Und jetzt alle zusammen!

Das Kommandomodul (CM) und das Servicemodul (SM) werden von der Rakete abgetrennt. Das CSM dockt an das Landemodul (LM) an und gemeinsam bilden sie das Apollo-Raumschiff.

R

Komm, wir gehen spazieren!

Das Landemodul setzt auf dem Mond auf – und die Astronauten erkunden etwa zwei Tage lang die Oberfläche.

Z

Danke für alles, LM!

Die obere Hälfte des LM wird wieder in eine Umlaufbahn gebracht. Wenn die Crew an Bord des CSM ist, wird das LM abgetrennt und im Weltraum zurückgelassen.

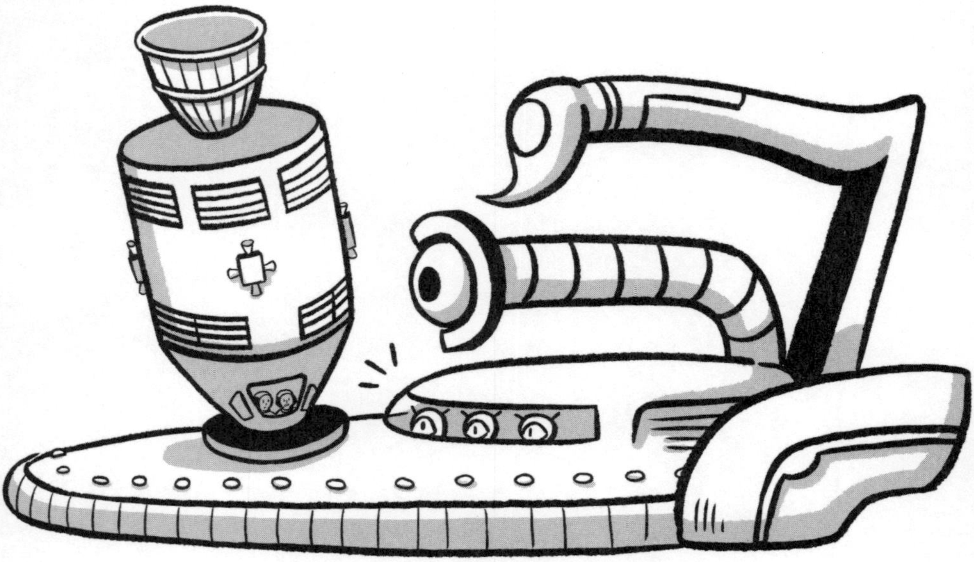

Herzlichen Glückwunsch! Alex hat es geschafft und mit deiner Hilfe an das Raumschiff angedockt!

Die Sache hat nur einen Haken – es ist das *falsche* Raumschiff.

ENDE

„Chef!“ Chucks Stimme reißt dich aus deinen Gedanken. „Das CSM kann abgetrennt werden und das Landemodul einfangen.“

Was um Mondes willen soll das denn bedeuten? Ach ja, das hast du gerade gelesen – es war die zweite Etappe der Reise. Ich wiederhol's noch mal für dich.

Das Landemodul (LM) und das Kommando-Service-Modul (CSM) sind in der Rakete übereinandergestapelt, aber in der Position, in der sie jetzt sind, ist eine Landung auf dem Mond nicht möglich. Du musst die Anordnung der Module ändern.

„Drück auf den Schalter zum Trennen der Module, Alex“, sagst du zu deinem Bruder.

„Sprengung erfolgt“, bestätigt Alex einen Moment später. Begleitet von einer kleinen Explosion löst sich das CSM vom Rest der Saturn-Rakete. Das CSM entfernt sich und an der Spitze der Rakete werden vier Paneele abgestoßen. Jetzt ist das Landemodul (LM) zu sehen.

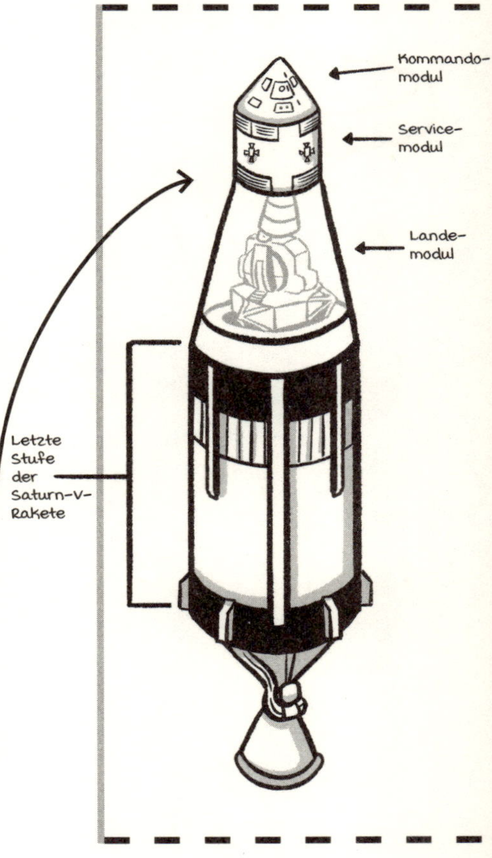

Zeichne hier die Flammen hin, die bei der Sprengung zu sehen sind. Wenn du fertig bist, reiße das Papier entlang der gestrichelten Linien ein und klappe die Lasche um.

Dein Bruder hat das Andocken viele Hundert Mal im Simulator auf der Erde geübt. Für ihn sollte das so einfach wie Atmen sein.

Doch jetzt geht etwas schief. *BOING!* Als Alex andocken will, prallt das CSM vom LM ab. Er versucht es noch einmal. Und noch einmal. Jedes Mal wenn dein Bruder anzudocken versucht, prallen die beiden Raumschiffe voneinander ab.

„Beschleunige das nächste Mal etwas mehr", sagst du.

Alex setzt das CSM zurück und steuert dann erheblich schneller auf das LM zu. „Ich glaube, das wird ein heftiger Aufprall!", warnt er. Und so kommt es. Zum Glück richtet Alex keinen ernsthaften Schaden an, als das CSM wieder vom LM abprallt. Die Spitze – auch Kopplungssonde genannt – des Kommandomoduls will einfach nicht in dem trichterförmigen Ende – auch Fangtrichter genannt – des Landemoduls hängen bleiben.

Geh zu Seite 36.

Das erinnert mich daran, dass ich einmal, als ich meine Turboflügel getragen habe, gegen das Fenster unseres Kinos geknallt bin. Damit du dir das auch richtig vorstellen kannst, zeichne dich selbst, wie du gegen diese Wand aus Glas prallst. Dann blättere zu Seite 46.

Sobald du draußen bist, starrst du nach oben in den Himmel und wartest darauf, dass Sputnik über dir vorbeifliegt.

Oh, da ist der Satellit ja! Leider weiß man im Kontrollzentrum 20 Minuten lang nicht, wo du abgeblieben bist – und schließlich entscheidet Chuck, die Mission abzubrechen!

Und deshalb ... Hallo, Sputnik! Auf Wiedersehen, Mission!

ENDE

Wenn dein Bruder nicht an das Landemodul andocken kann, muss die Mondlandung abgesagt werden.

„Ich ... weiß nicht ... was ich ...", sagt Alex. Plötzlich fängt er heftig an zu husten. Erst nach ein paar Sekunden hört er wieder damit auf. „Entschuldigung", stammelt er.

Dann hörst du, dass Neil und Buzz auch anfangen zu husten. Was ist dort oben los?

Masern ist das Einzige, was dir einfällt – diese Krankheit ist gerade auf der Erde ausgebrochen. Haben sich Alex und die beiden anderen Astronauten angesteckt, bevor sie zu ihrer Mission aufgebrochen sind? Und werden sie jetzt vielleicht im Weltraum krank?

**Welches Problem willst du zuerst lösen?
Die Astronauten rasen mit etwa 40.000 Stundenkilometern durch das Weltall und vertrauen darauf, dass du alles tust, um für ihre Sicherheit zu sorgen. Das ist eine wichtige Entscheidung!**

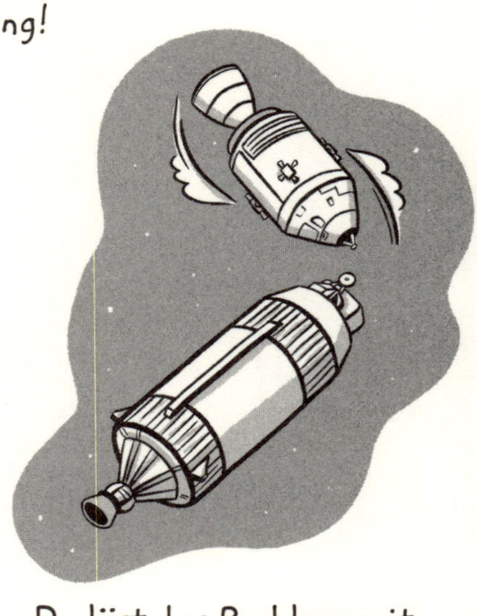

Du kümmerst dich um den Husten? Geh zu Seite 48.

Du löst das Problem mit dem Andocken? Schnell zum Simulator auf Seite 19, dort wird dir Lynette helfen.

Du glaubst also, dass die Astronauten wegen ihrer Handschuhe husten müssen? Tja, nachdem du sie angewiesen hast, die Handschuhe aus dem Raumschiff zu werfen, kannst du dich von der Mission verabschieden!

ENDE

„Doktor, wie geht es Alex?“, fragst du.

„Er zeigt keine Symptome für Masern oder Grippe“, antwortet der Flugarzt. „Buzz und Neil auch nicht.“

„Könnte es denn nicht einfach die Raumkrankheit sein?“, keucht Alex zwischen zwei Hustenanfällen.

Der Flugarzt schüttelt den Kopf. „Im Weltraum steigen etwa zwei Liter Flüssigkeit in den Kopf eines Menschen, weil sie nicht mehr von der Schwerkraft in die Beine gezogen wird“, sagt er. „Das kann dazu führen, dass einem schlecht wird, aber eine Erklärung für den Husten ist es nicht.“

Hm. Ich kann mir nicht vorstellen, dass zwei Liter Flüssigkeit in deinen Kopf passen! Zeichne, wie dieser Ballonkopf aussehen würde, wenn du so viel Flüssigkeit hineinpumpen würdest.
Wenn du fertig bist, geh zu Seite 94.

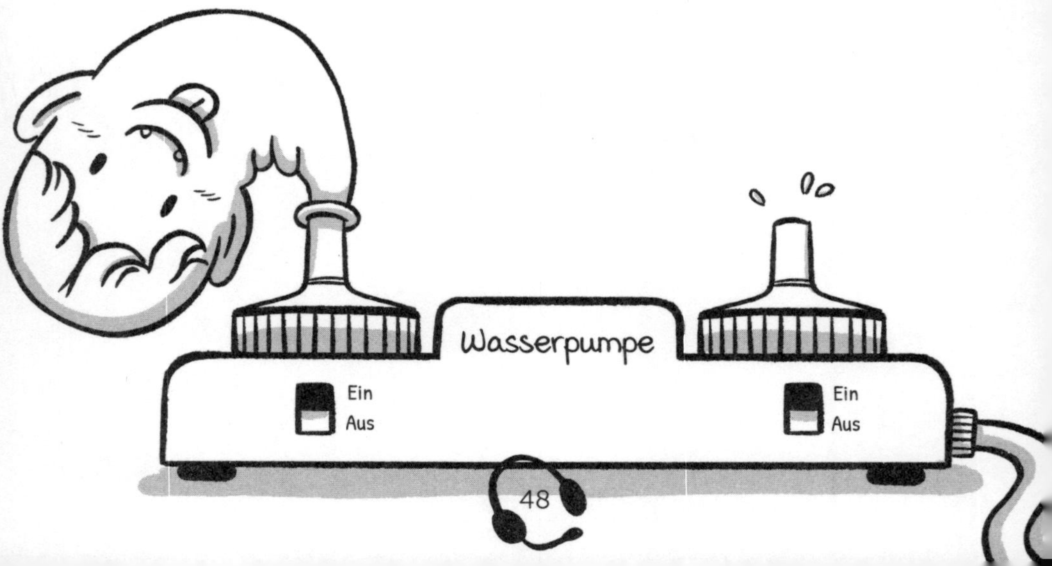

„Sieh dir mal die verwelkte Pflanze an", sagst du über Funk. „Das Material, aus dem die Unterwäsche besteht, löst den Husten der Astronauten aus."

Lynette nickt. „Sie sollen ihre Unterwäsche ab jetzt in Plastiktüten packen und versiegeln."

Du bittest Chuck, der Crew zu erklären, dass ihre Unterwäsche eingetütet werden muss.

Das Hustenproblem ist gelöst!

Du kannst dir gut vorstellen, welche Witze Alex darüber machen wird!

Musst du dich noch um das Problem mit dem Andocken kümmern?
Geh zu Seite 19.

Du hast es schon gelöst?
Blättere zu Seite 60.

„Ich sage dir laufend den Treibstoffstand an, aber es wäre besser, wenn du die Steuerung übernimmst", meint Alan. „Mir geht es nicht so gut."

Das sieht man ihm auch an – sein Gesicht wird immer grüner. Du übernimmst die Steuerung.

Du musst es irgendwie schaffen, dass der Treibstoff im Tank bis zur Landung reicht. Du musst ihn *streeeeeeecken*.

Denke daran, wie du das letzte Mal eine Pizza gegessen hast und der Käse sich von deiner Hand bis zu deinem Mund gezogen hat.
Zeichne es hier hin!

Wenn du fertig bist,
geh zu Seite 96.

Das ist deine Entscheidung? Du glaubst, es liegt am Essen? Vielleicht rächt sich das Hähnchen, das es zum Abendessen gegeben hat.

Nein. Eindeutig nein.

ENDE

Das Gebäude, in dem Lynette arbeitet, ist so groß wie ein Flugzeughangar und mittendrin steht die gewaltige Simulationskammer. Man kann die ganze Luft aus der Kammer heraussaugen und auf diese Weise das Vakuum im Weltraum nachahmen.

Hinter den dicken Glasfenstern kannst du Lynette sehen, die gerade in der Kammer ist. Sie trägt ihren Raumanzug und auf einem Tisch vor ihr stehen drei Pflanzen.

„Lynette!“ Du klopfst an das Fenster und winkst ihr zu. „Ich brauche deine Hilfe.“

Sie kann dich natürlich nicht hören, aber sie muss die Bewegung deines Arms gesehen haben.

Geh zur nächsten Seite.

Lynette schaltet den Sprechfunk in ihrem Helm ein. „Lass um Himmels willen die Tür zu!“, brüllt sie. „Ich versuche herauszufinden, warum Alex, Neil und Buzz husten. Ich glaube, es liegt an einem Gegenstand an Bord des Raumschiffs.“

Du solltest deiner Schwester besser helfen!

Zeichne die verschiedenen Gegenstände in die Kästen. Wenn du fertig bist, reiße das Papier entlang der gestrichelten Linie ein und klappe die Lasche um.

Handschuh eines Raumanzugs	Unterwäsche	gebratenes Hähnchen

Bei dem Problem mit dem Andocken weißt du nicht mehr weiter, stimmt's? Du gehst um den Simulator herum, als würdest du so die Lösung entdecken. Du wirst es nicht glauben, aber du findest sie tatsächlich.

Eine Frau mit einer Brille beugt sich über einen Tisch, auf dem Fotos des Andockmechanismus liegen. Das ist Katherine Johnson! Sie ist einer der „menschlichen Computer", die von der NASA eingestellt wurden, um die komplizierten mathematischen Rechenoperationen für den Raumflug durchzuführen.

Katherine winkt dich zu sich. „Ich bin alle Zahlen und Berechnungen durchgegangen, aber Alex macht alles richtig."

„Warum kann er dann nicht andocken?", fragst du.

„Ich glaube, es liegt an der Verriegelung des Andockmechanismus", erklärt Katherine. „Vermutlich verhindern kleine Schmutzteilchen, dass die Verriegelung einrasten kann. Die Crew muss die Verriegelung einfach manuell lösen und wieder schließen. Dann fällt der Schmutz vielleicht ab."

Geh zur nächsten Seite.

Was hat das Problem im Raumschiff ausgelöst?

Blättere zu der Seite, die auf dem Gegenstand angegeben ist, den du für die Ursache hältst.

Du rennst ins Kontrollzentrum zurück und bittest die Crew, Katherines Vorschlag auszuprobieren.

Neil und Buzz ent- und verriegeln den Andockmechanismus, in der Hoffnung, dass dadurch eventuell vorhandene Schmutzteilchen herabfallen. Dann dreht Alex das CSM herum und versucht noch einmal, an das LM anzudocken.

Klappe die Ecke dieser Seite um und verbinde die Kopplungssonde mit dem Kegeltrichter, dann siehst du, ob euer Plan funktioniert. Aber pass auf, dass das Papier nicht zerreißt! An welchen Trichter kannst du andocken?

Trichter 1
Blättere um.

Trichter 2
Geh zu Seite 58.

Ich habe eindeutig etwas gehört und das klang so: **Krrrk!**

Wenn du das nächste Mal an einen Flugkörper im Weltraum ankoppeln willst, solltest du meinen Rat befolgen: Versuche auf keinen Fall, im falschen Winkel anzudocken, sonst reißt du nämlich die Sonde deines Kommandomoduls ab.

Die Mission wird vom Kontrollzentrum abgebrochen!

ENDE

„Houston, wir hatten hier ein Problem“, sagst du über Funk.

Hm. Das kommt mir irgendwie bekannt vor.

Das Kontrollzentrum meldet sich sofort. „Seid ihr drei in Ordnung?“

„Alles okay“, antwortest du, aber eigentlich bist du dir nicht so sicher.

Schließlich ist gerade ein Teil des Raumschiffs verloren gegangen! Und du bist viele Tausend Kilometer von der Erde entfernt. Hier gibt es keine Raststätte oder Tankstelle, wo du mal schnell halten und um Hilfe bitten kannst.

Was wäre, wenn doch?
Zeichne hier eine schwebende Tankstelle mit einer Reparaturwerkstatt hin.

Wenn du fertig bist, blättere zu Seite 159.

Es klappt! Nachdem das CSM an das LM angedockt hat, sind die beiden Module durch eine Luke miteinander verbunden.

„Danke!“, sagt Alex über Funk zu dir. „Und bitte bedanke dich in unserem Namen bei Katherine. Wer hätte gedacht, dass sie nicht nur Mathematikerin, sondern auch noch Mechanikerin ist?“

Du weißt auch schon, was du Katherine zum Dank schenken willst. Zeichne es hier hin.
Wenn du danach immer noch das Hustenproblem lösen musst, geh zu Seite 48.
Falls nicht, blättere zu Seite 60.

Ja! Das stimmt! Du steckst das Dia wieder in die Rohrpost und schickst sie quer durch den Raum an den Systemtechniker. Er zeigt dir die Aufnahme auf dem großen Bildschirm, damit du mehr erkennen kannst.

Inzwischen ist klar, dass auf der Karte einiges fehlt! Dir kommen Zweifel. Wenn du einen Fehler machst ... werden es dein Bruder und sein Kollege vielleicht nicht schaffen, wieder ins CM zu kommen.

Als dir Alex die Felsen und Krater auf der Oberfläche beschreibt, spürst du eine Hand auf deiner Schulter. Es ist Lynette. Sie lächelt dir zu. „Du schaffst das."

Ich hoffe, sie hat recht. Blättere zu Seite 62, um herauszufinden, ob es dir gelingt.

Die nächsten Stunden vergehen wie im Flug und die Astronauten bereiten sich auf die nächste Phase der Mission vor – die Landung auf dem Mond!

Dein Bruder und Neil Armstrong klettern in das Landemodul und koppeln es vom Kommandomodul ab.

Als das Landemodul zur Mondoberfläche absinkt, heult ein Alarm los und auf dem großen Bildschirm des Kontrollzentrums blinkt eine Zahl.

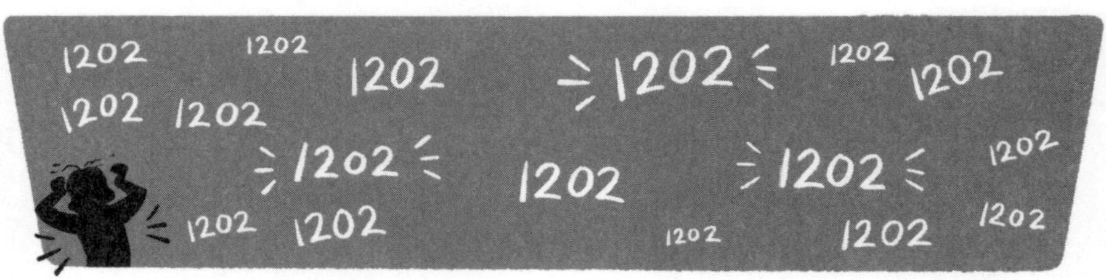

„Chuck, was bedeutet diese Zahl?“, fragst du.

Chuck schüttelt den Kopf. „Diesen Code kenne ich nicht. Aber der Computer, der das LM steuert, hat Probleme.“

Du siehst dich im Kontrollzentrum um. Deine Mitarbeiter haben die Codes und deren Bedeutung an eine Wand geklebt. Findest du den Code, den du jetzt brauchst? Schnell! Du hast nicht mehr viel Zeit!

Geh zur nächsten Seite.

A→ ←A

Ich glaube, ich kann dir helfen. Falte die Seite so, dass sich die Buchstaben A und B am oberen und unteren Ende der Seite berühren.

Was sagst du als Nächstes?

„Wir machen weiter!"
Blättere zu Seite 64.

„Mission abbrechen!"
Geh zu Seite 153.

B→ ←B

Kannst du Alex dabei helfen, das Landemodul sicher zur Mondoberfläche zu bringen? Folge deinen Instinkten.

1. Schritt: Vervollständige die Mondkarte auf dem großen Bildschirm und zeichne die beiden Felsbrocken ein, die du auf dem Dia gesehen hast.

2. Schritt: Klappe den Bildschirm auf S. 63 hoch, damit du mit der Hand dahinterkommst und auf Seite 65 schreiben kannst. Du darfst aber nicht hinter den Bildschirm schauen!

3. Schritt: Verwende die Mondkarte auf dem Bildschirm als Vorlage und zeichne vom Start aus den Weg, den Alex nehmen muss, um mit dem LM sicher zu landen.

4. Schritt: Wenn du glaubst, in der sicheren Landezone zu sein, male ein X und sieh nach, ob du an der richtigen Stelle bist.

5. Schritt: Wenn du über das Ziel hinausgeschossen bist oder in einem tiefen Krater, auf einem Abhang oder Felsbrocken gelandet bist … versuche es noch einmal, bis das LM in der sicheren Landezone heruntergegangen ist. Wenn du es geschafft hast, geh zu Seite 73.

Start
Sichere Landezone

Du erklärst Chuck, was du herausgefunden hast. Er beruhigt sich ebenfalls ein bisschen.

„Jetzt erinnere ich mich!“, brüllt er. „Code 1202 bedeutet, dass zu viele Daten auf einmal hereinkommen. So viele Informationen kann der Computer des LM nicht verarbeiten. Ein Neustart ist die einzige Möglichkeit, das Problem zu lösen.“

Aber die Crew hat keine Zeit für einen Neustart des Computers. Das LM rast viel zu schnell auf die Oberfläche zu!

Du bist so nervös wie eine Giraffe, die in einem Porzellanladen Bananenschalen auf dem Fußboden liegen sieht. Zeichne die Szene hier hin. Wenn du fertig bist, blättere zu Seite 67.

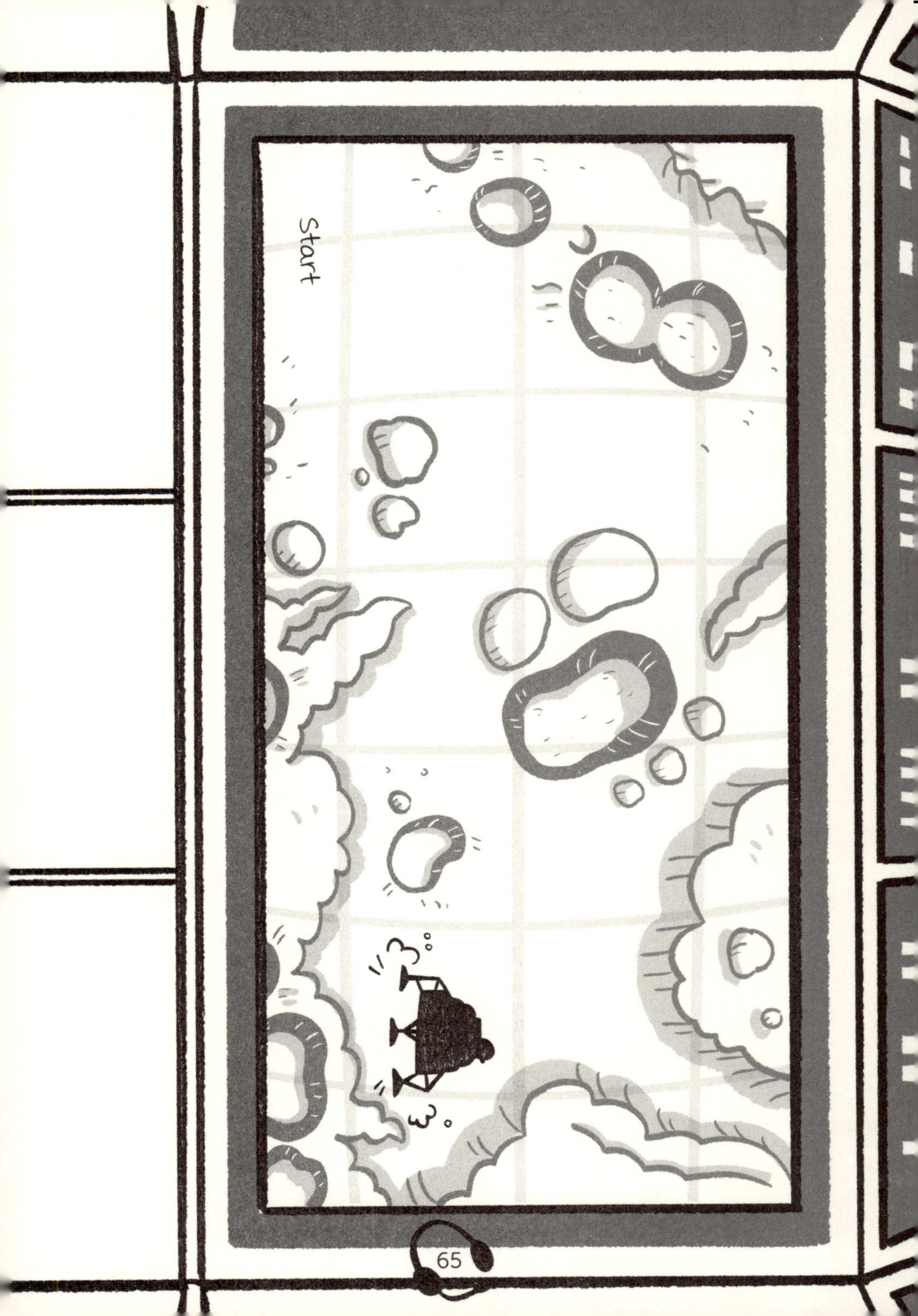
Start

Du nimmst das Dia in die Hand und erklärst Alex den Weg. Er folgt deinen Anweisungen und landet …

… im Vorgarten meiner Tante Edna.

Genau. Du hast das falsche Bild ausgesucht.

ENDE

„Bis jetzt hat es nicht mal im Simulator jemand geschafft, das LM ohne Computer zu landen“, ruft Alex. „Die Steuertriebwerke des Landemoduls sind so kompliziert, dass man sie nicht ohne Hilfe steuern kann!“

„Ganz ruhig, Alex“, antwortest du deinem Bruder, obwohl dir das Herz bis zum Hals schlägt. „Ich werde dir den Weg beschreiben. Mach einfach, was ich dir sage!“

Um das LM sicher landen zu können, brauchst du die richtige Mondkarte. Du weißt, dass sie in einem Büro auf einer anderen Etage ist. In dem Raum werden Fotos von Karten gelagert.

Aber du hast keine Zeit, um dort anzurufen und zu erklären, was du brauchst. Die Techniker in dem Raum müssen *sehen*, was du gerade denkst.

Du kannst weder eine E-Mail noch eine SMS schicken. Diese Art von Kommunikation wurde noch nicht erfunden. Aber immerhin gibt es das Rohrpostsystem!

30 Zentimeter lange Aluminiumbehälter mit einem Durchmesser von acht Zentimetern werden mithilfe von Druckluft durch abgedichtete Röhren geschossen. Auf diese Weise können Nachrichten auf Papier innerhalb weniger Sekunden im Gebäude verteilt werden.

Blättere zu Seite 69 und benutze das Rohrpostsystem!

Du siehst dir das Foto etwas genauer an und weißt sofort, dass du das falsche ausgesucht hast.

Es ist eine Nahaufnahme von meiner letzten Geburtstagsparty. Du kannst es nicht erkennen, aber Amicus hat meinen Lieblingskuchen gebacken – *Khaki Deluxe*.

ENDE

Damit die Techniker wissen, welches Foto du haben willst, musst du es zeichnen. Du hast nur ein paar Sekunden Zeit!

Du kannst dich sehr gut an das Foto erinnern. In der Mitte ist ein tiefer Krater, links davon liegen zwei riesige Felsbrocken und rechts davon drei kleinere.

Zeichne das Foto, das ich dir gerade beschrieben habe, hier hin.

HIER FALTEN

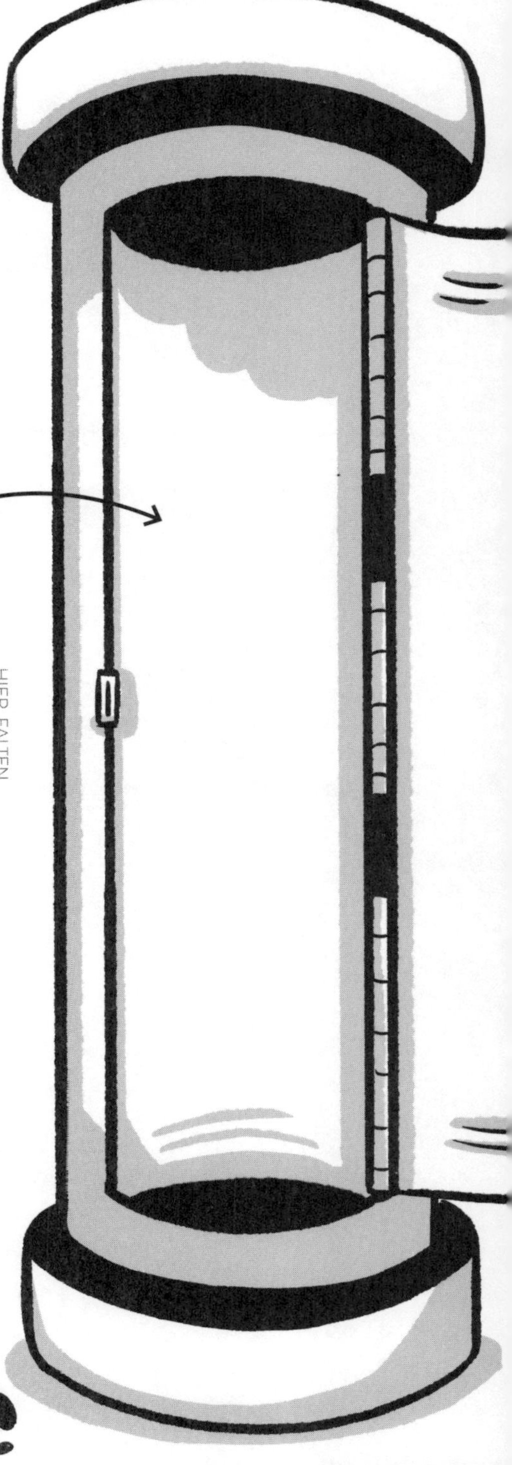

Wenn du fertig bist, falte die Lasche nach hinten. Dann blättere zu Seite 71.

Lieber Flugleiter,

diese drei Dias mit Fotos von Mondkarten entsprechen der Zeichnung am ehesten. Welche Aufnahme kommt infrage?

– Fahrzeugsysteme

Welches Dia sieht deiner Zeichnung am ähnlichsten?
Schnell! Entscheide dich für eines!

Dia Nr. 1: Geh zu Seite 59.
Dia Nr. 2: Blättere zu Seite 66.
Dia Nr. 3: Weiter auf Seite 68.

Klappe diese Lasche nach links, um den Behälter für die Rohrpost zu schließen!

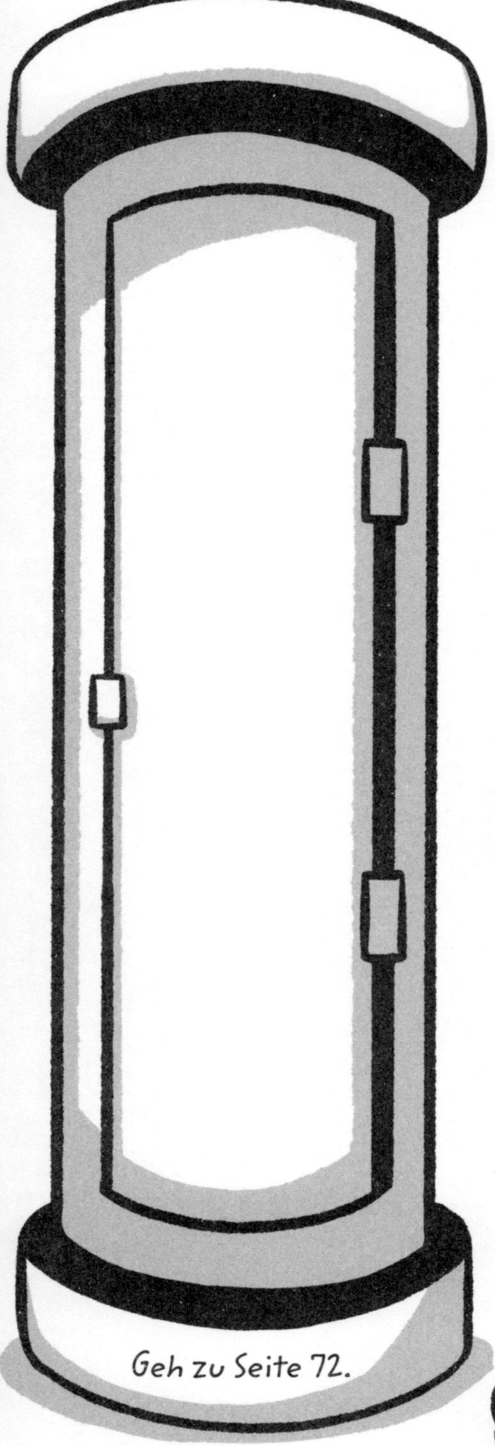

Du steckst den Behälter in die Klappe an der Konsole vor dir. Mit einem *Pffft!* wird er in das Rohrpostsystem geschossen.

Du wartest darauf, dass die Techniker ihre Antwort schicken … und die Sekunden kommen dir wie Jahre vor. Dein Bruder und Neil brauchen dich – du hast keine Ahnung, wo sie landen sollen, und der Treibstofftank des Landemoduls ist fast schon leer!

Pffft!
Der Behälter ist zurückgekommen! Geh zurück zu Seite 70 und öffne die Rohrpost, um zu sehen, was in dem Behälter ist.

Geh zu Seite 72.

Einen Moment lang bewegt sich niemand im Kontrollzentrum. Und die Astronauten sind ebenfalls ganz still.

Es ist etwas passiert, aber es muss so sachte und behutsam gewesen sein, dass die Crew es nicht einmal gespürt hat.

Dank der Kontrolllampen auf deiner Konsole weißt du, dass es etwas sehr Wichtiges gewesen ist.

Aber Alex soll selbst draufkommen. Und dann begreift er es auch.

Ein lautes Geräusch vom Mond wird durch viele Hunderttausend Kilometer Weltraum bis in deine Kopfhörer übertragen. Alex hat einen Freudenschrei ausgestoßen.

„Houston, wir sind gelandet", ruft er einen Augenblick später.

Du und Lynette hüpft vor Begeisterung auf und ab und im Kontrollzentrum bricht ohrenbetäubender Jubel aus!

Blättere zu Seite 178.

WEG DES MONDAUTO-FAHRERS

Willkommen zur ultimativen Fahrprüfung!

Ich glaube nicht, dass du es schaffen wirst, ein Mondauto zu lenken. Zeige mir, dass ich mich irre! Bediene jedes der drei Fahrzeuge, indem du den Anweisungen unten folgst. Versuche, eine Linie von START bis ENDE zu zeichnen und dabei den Hindernissen auszuweichen. Wenn du gegen ein Hindernis fährst, musst du von vorn anfangen!

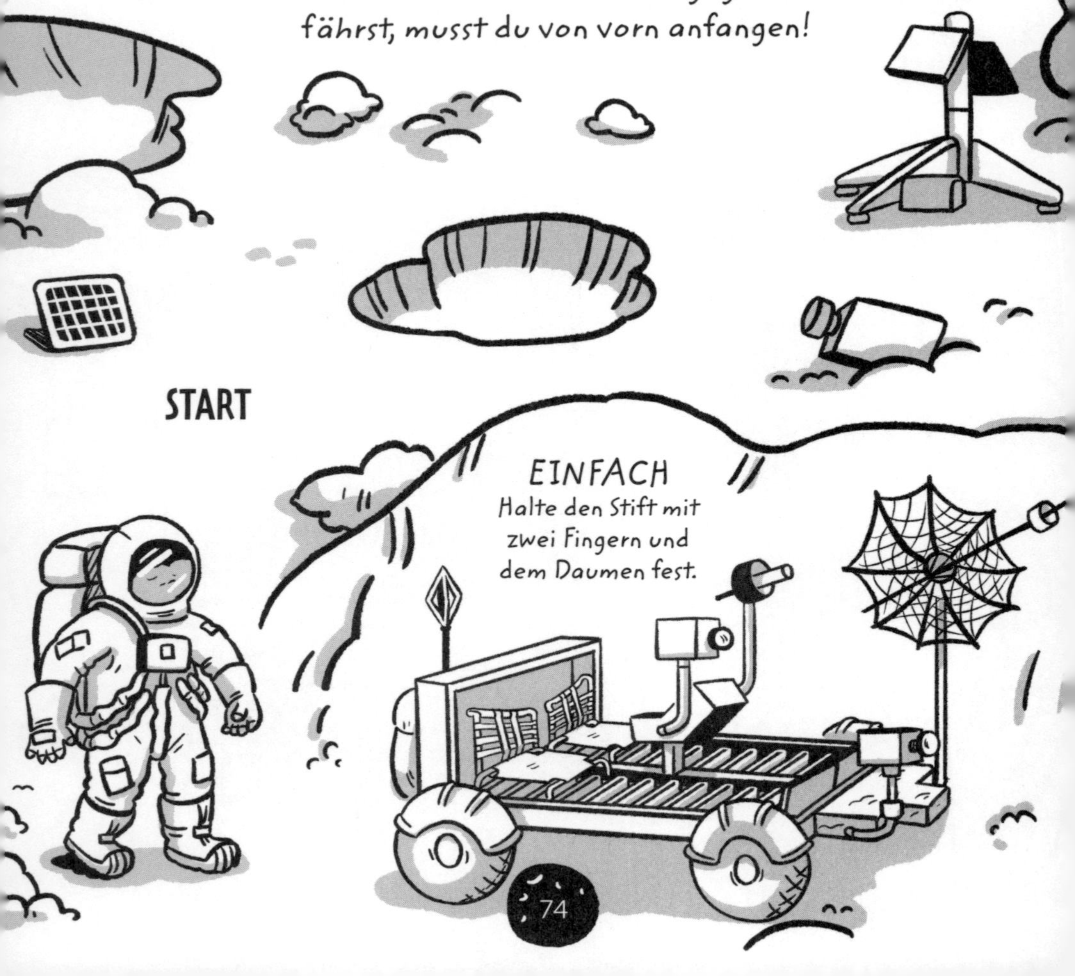

Wenn du alle drei Fahrzeuge bedienen kannst, ohne gegen ein Hindernis zu stoßen, blättere zu Seite 77.

ENDE

„Wir landen JETZT!“, brüllst du.

„Warte –“, sagt Alan, aber du hörst ihm nicht zu. Du bist viel zu sehr damit beschäftigt, das Landemodul in Richtung Mondoberfläche zu steuern.

Als du mit einem heftigen Schlag auf dem Mond aufkommst, brechen zwei Beine des Landemoduls ab und du fragst dich: „Bin ich zu früh und zu schnell gelandet?“

ENDE

Muss ich dir das wirklich beantworten?

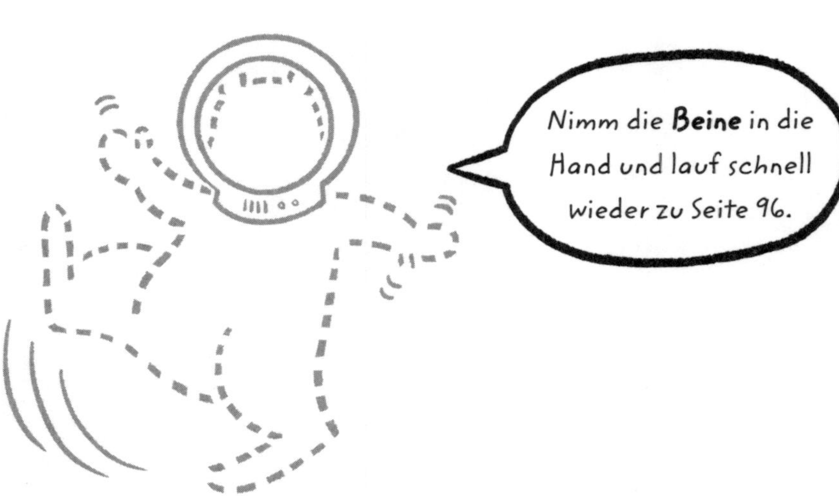

Hm. Du solltest noch ein bisschen üben. Aber dazu ist keine Zeit!

Im Moment kreist du und deine beiden Kollegen – Jim Lowell und Alan Shepard – in einer winzig kleinen Kapsel, die Kommandomodul oder kurz CM genannt wird, um den Mond. Diese Kapsel ist euer Zuhause, seit ihr vor drei Tagen die Erde verlassen und euch auf den Weg zum Mond gemacht habt.

Es gibt allerdings etwas, das mit dem CM nicht geht – auf dem Mond landen. Deshalb wird Jim mit dem CM in der Mondumlaufbahn bleiben und du und Alan werdet im Landemodul (LM) zur Oberfläche des Mondes absteigen.

Alan ist bereits im LM. Klettere zu ihm. Dazu musst du das Papier entlang der gestrichelten Linien einreißen und die Lasche nach hinten klappen. So:

Wenn du die Lasche umgeklappt hast, blättere um.

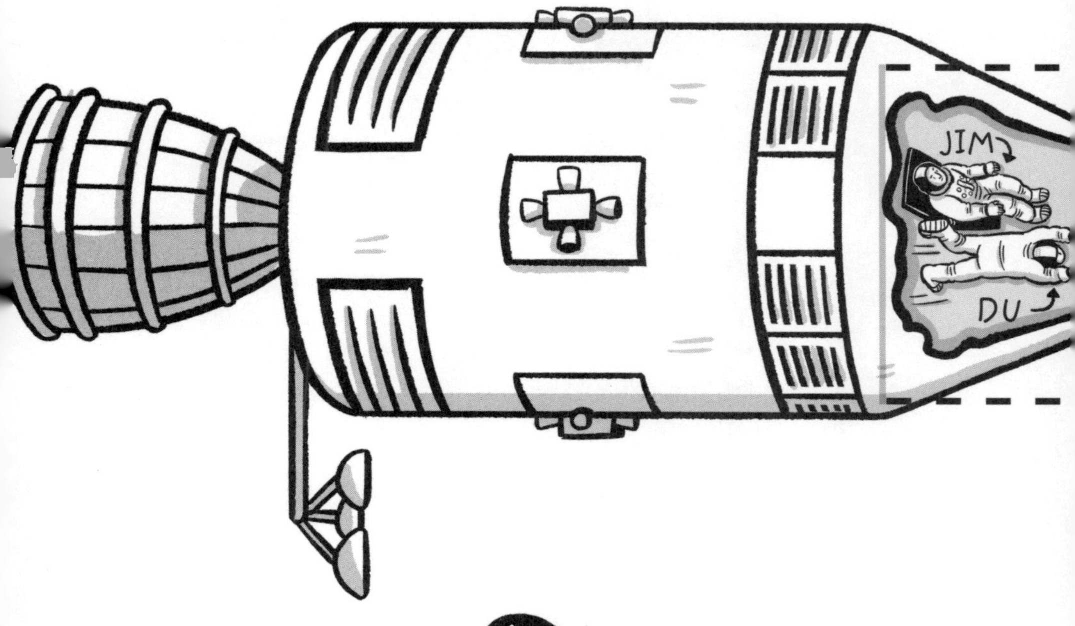

„Hallooo!“, ruft Alan etwa 15 Zentimeter von dir entfernt, als du in das Landemodul kletterst. „Ich weiß nicht, ob du mich in diesem riesigen Raum überhaupt sehen kannst! Ich bin hier!“

Du musst lachen. Das winzige Landemodul hat ein Volumen von etwa 4,5 Kubikmetern – so viel passt auch in einen großen Schrank – und ist so konstruiert, dass zwei Astronauten bis zu drei Tage darin überleben können, während sie auf dem Mond sind.

Die Wände des Landemoduls sind fast so dünn wie Alufolie.
Das ist nicht viel dicker als diese Seite.
Damit du siehst, was ich meine, nimm einen Stift und bohre damit hier und hier in die Wände des LM. Dann blättere zu Seite 91.

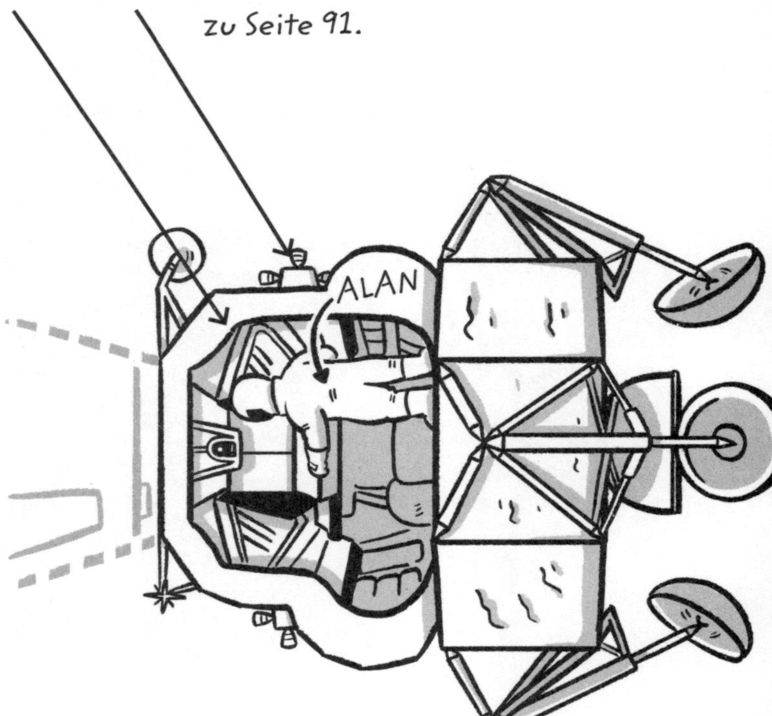

„Benimm dich, während wir weg sind, Jim! Partys sind verboten!“, scherzt Alan, als er die Luke zwischen dem CM und dem LM schließt.

Als die Luke geschlossen ist, bist du mit Alan allein im LM. Du drehst den Kopf, damit du das Cockpit besser im Blick hast.

Oh. Wow. Du wirst nervös, als du das Cockpit siehst. Nein? Aber das, was ich dir jetzt sage, wird dich mit Sicherheit nervös machen: Dieser. Weg. Wird. Sehr. Schwierig. Werden.

Bist du bereit, vom CM abzukoppeln und zur Mondoberfläche abzusteigen? Zeichne die fehlenden Schalter und Hebel ins Cockpit und vergiss die Zahlen nicht, mit denen sie markiert sind. Verbinde sie dann in der richtigen Reihenfolge. Schreibe die Zahl, die sich dabei ergibt, in die Lücke unten. Folge den Anweisungen.

Brauchst du Hilfe?
Geh zu Seite 189.

Blättere zu Seite ____1.

Du sinkst mit dem Landemodul nach unten in den Krater und wartest auf den Aufprall bei der Landung.

Du wartest …

Und wartest …

Niemand hat diesen Krater je erforscht, der anscheinend keinen Boden hat!

Du sinkst immer noch nach unten, als der Treibstoff ausgeht!

ENDE

Du hast es geschafft!

Die gute Nachricht: Du hast das LM vom CM abgekoppelt. Jetzt bleiben dir noch ganze zwölf Minuten für die Landung auf dem Mond.

Die schlechte Nachricht: Du rast mit Tausenden Stundenkilometern aus einer Höhe von 15.000 Metern auf die Oberfläche des Mondes zu.

Zeichne etwas, das deinen Fall abbremsen kann – einen Fallschirm, Flügel oder eine große Rakete.

Wenn du fertig bist, klappe die Lasche um.

Ein Lächeln für die Kamera bitte! Ungefähr 600 Millionen Menschen haben ihren Schwarz-Weiß-Fernseher eingeschaltet, um diesen Augenblick mitzuerleben. Ein Fünftel der gesamten Erdbevölkerung sieht dir dabei zu, wie du den ersten Schritt auf einer anderen Welt machst!

Du hast deiner Familie versprochen, ein Bild nur für sie in den Mondregolith zu malen – das ist die weiche, sandige Oberfläche des Mondes! Gib dir Mühe! Weil es auf dem Mond weder Wind noch Atmosphäre gibt, wird deine Zeichnung bis in alle Ewigkeit dort bleiben.

Wenn mir deine Zeichnung nicht gefällt, fliege ich vielleicht zum Mond und lasse sie wieder verschwinden.

Hast du dich selbst in das Bild gezeichnet?

Ja? Blättere zu Seite 84.
Nein? Geh zu Seite 145.

Wenn du einen Fallschirm oder Flügel gezeichnet hast, blättere zu Seite 119.

Hast du eine große Rakete gemalt? Geh zu Seite 85.

Ich würde sagen, dass du eine ganz großartige Entscheidung getroffen hast!

Allerdings nur, wenn ich tatsächlich so denken würde.

Mit ein bisschen Tomatensauce würde so eine Nudel ja ganz köstlich schmecken, bei dem kaputten Schalter wird sie dir allerdings keine Hilfe sein. Aber du wirst viel Zeit haben, um darüber nachzudenken, während du im Innern des Landemoduls sitzt … und zwar sehr, sehr lange.

ENDE

Alan klettert hinter dir zur Oberfläche und stolpert.

„Alles in Ordnung?“, fragst du über Funk.

„Mir geht’s gut …“, antwortet Alan und will weiterreden, doch er wird vom Kontrollzentrum unterbrochen.

„Nein, tut es nicht, Alan. Wir können deine Vitalwerte sehen. Atem- und Herzfrequenz sind viel zu hoch. Nachdem du beim Aufstellen der Flagge geholfen hast, gehst du sofort wieder ins Landemodul und ruhst dich aus.“

Alan nickt. Du siehst ihm an, dass er enttäuscht ist, aber er akzeptiert die Entscheidung. „Verstanden, Houston“, sagt er.

Alan tut sogar mir leid. Jetzt hat er den ganzen weiten Weg zum Mond gemacht und muss im Landemodul bleiben? Das ist hart!
Bemale die Flagge, die ihr auf der Mondoberfläche aufstellt – mit irgendetwas, das Alan aufmuntern wird.

Wenn du fertig bist, geh zu Seite 95.

Eine ausgezeichnete Wahl! Nur mit einer leistungsstarken Abstiegsrakete lässt sich steuern, wie schnell man landet. Aber wenn du sie falsch einsetzt, besteht die Gefahr, dass du dich beim Auftreffen auf der Oberfläche überschlägst.

Oh! Habe ich schon gesagt, dass der Treibstoff nur für einen Landeversuch reicht? Du musst es also gleich beim ersten Mal schaffen.

Siehst du die Mondoberfläche unten auf der Seite? Achte darauf, dass das LM im richtigen Winkel darauf zusteuert. Reiße das Papier entlang der gestrichelten Linien ein und klappe die Lasche des Triebwerksstrahls um, mit dem du sicher auf der abschüssigen Oberfläche landen kannst.

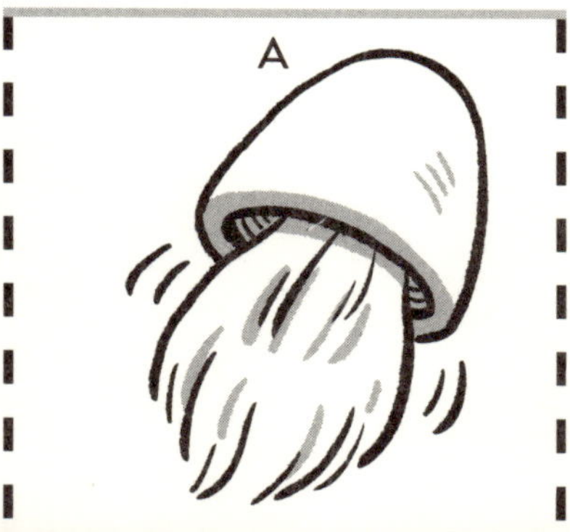

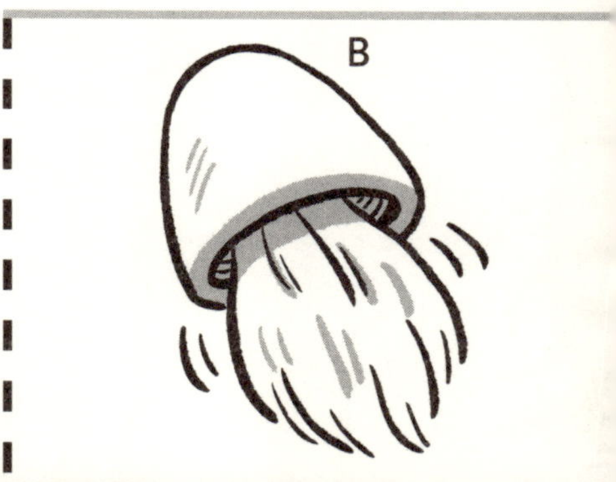

Weißt du noch, wie du früher ein Gummiband viel weiter als jeder andere in deiner Klasse spannen konntest? Die Bänder deiner Freunde sind gerissen, aber deins wurde immer *läääänger* …

Du glaubst, dass dir das auch mit dem Tank gelingt und dass der Treibstoff länger hält.

Ich fürchte, du hast dich geirrt. Vor ein paar Sekunden ist dir der Treibstoff ausgegangen. Du rast unkontrolliert auf die Mondoberfläche zu und prallst mit einem lauten *BUMM!* dagegen.

ENDE

Blättere zu Seite 89.

Geh zu Seite 111.

START!

„Juhu!“, brüllt Fred, als würde er gerade mit der Achterbahn fahren.

Dir geht es genauso. Was für ein aufregender Moment!

Während sich die Rakete mit dir in den Himmel schiebt, verbrennt sie bis zu 15 Tonnen Treibstoff pro Sekunde. Wenn du die Erdatmosphäre verlässt, werdet ihr fast 3,8 Millionen Liter Treibstoff verbraucht haben!

Es fühlt sich an, als würdest du einen Tornado reiten – vielleicht auch mehrere!

Zeichne drei Tornados unter die Rakete und blättere dann zu Seite 146.

Du kannst es kaum erwarten, den Leuten von der NASA zu zeigen, was du auf dem Mond gesammelt hast. Sie werden aus dem Staunen gar nicht mehr herauskommen!

Und dir wird es genauso gehen, wenn dir klar wird, was du da in deinem Beutel hast ...

ENDE

UND DANN HIER | DANN HIER | DANN HIER | DANN HIER | HIER FALTEN | **1202**

Ich bin beeindruckt. Vielleicht hast du ja doch das Zeug ...

Oh, Moment mal. Der Computer will dir etwas sagen. Es ist ein Alarm. Und ich glaube nicht, dass du ihn ignorieren solltest.

1202 . . . 1202 . . .

„Houston?“ Alan meldet sich über das Funkgerät in seinem Raumanzug. „Seht ihr das? Was für ein Fehler ist 1202?“

„Ähm, wir brauchen eine Sekunde“, antwortet Houston. Du hast noch nie erlebt, dass das Kontrollzentrum besorgt klang. „Wir werden es herausfinden. Bis dahin kann der Alarm ausgeschaltet werden.“

Ich weiß es! Ich weiß, was es ist! Bei Apollo 11 ist genau das Gleiche passiert!

Zum Ausschalten des Alarms reiße das Papier entlang der gestrichelten Linien ein und klappe die beiden Laschen, auf denen der Alarm **1202** blinkt, um.
Falte dann die nächsten Laschen um, so lange, bis du die leeren Bildschirme erreichst.
Wie oft hast du das Wort **ALARM** auf der Rückseite der Laschen gesehen?
Schreibe die Zahl in die Lücke.

Blättere zu Seite ____2.

UND DANN HIER

DANN HIER

DANN HIER

HIER FALTEN

1202

Brauchst du Hilfe?
Blättere zu Seite 189.

ALARM

ALARM

ALARM

ALARM

ALARM

ALARM

ALARM

ALARM

ALARM

Wenn du fertig bist, klappe diese Lasche um.

NEIIIIN! Was hast du getan?! Das mit dem Löcher-in-die-Wände-des-Landemoduls-Bohren habe ich doch nicht ernst gemeint! Es war ein Scherz!

Vielleicht werde ich Amicus bitten, dir eine zweite Chance zu geben. Aber zuerst musst du hier einen Krater zeichnen, der so groß wie ein Fußballplatz ist.

Das geht viel besser.
Blättere zu Seite 79.

„Wir haben ein *Go* für den Alarm“, sagt das Kontrollzentrum. Ein *Go* bedeutet, dass Houston die Mission nicht abbrechen wird.

Alan ist nicht so richtig überzeugt. Genau genommen sieht er sogar ganz grün im Gesicht aus. „Houston, seid ihr sicher?“

„Ja“, erwidert das Kontrollzentrum. „Der Computer für die Steuerung ist ganz offensichtlich überlastet. Er bekommt zu viele Informationen auf einmal. Wir müssen ihn neu starten.“

Der Neustart des Computers dauert zwei Minuten – das ist viel Zeit, wenn man gerade auf die Mondoberfläche zurast und nicht mehr viel Treibstoff hat.

Hast du eigentlich in letzter Zeit aus dem Fenster gesehen? Reiße das Papier entlang der gestrichelten Linien ein und klappe die Lasche um, dann kannst du hinausschauen.

Geh zur nächsten Seite.

Richtig. Du steuerst auf einen Krater zu, der so groß wie ein Fußballplatz ist. (Gib mir nicht die Schuld daran! Schließlich hast du ihn gezeichnet!)

Genau wie die Crew von Apollo 11 hast du nur noch Treibstoff für 90 Sekunden, einen überlasteten Computer und einen riesigen Krater direkt vor deiner Nase.

„Was sollen wir tun?", fragt Alan.

Gute Frage, Alan.

Wenn du im Krater landen willst, geh zu Seite 80.
Wenn du glaubst, dass du es bis zur anderen Seite schaffen kannst, blättere zu Seite 50.

Der Husten wird nicht durch die Raumkrankheit ausgelöst. Was könnte es dann sein? Du brauchst etwas Zeit, um nachzudenken.

„Chuck, behalte alles im Auge“, sagst du. „Ich bin gleich wieder da.“

Chuck reißt die Augen auf. „Wo gehst du hin?“

Gute Frage. Wo willst du hin?

Wenn du Lynette suchen willst, geh zu Seite 52.

Wenn du ins Freie rennst, um den Satelliten Sputnik zu suchen, blättere zu Seite 45.

Gut gemacht! Nachdem die Flagge aufgestellt ist, klettert Alan wieder die Leiter des LM hoch. Du versprichst, dich regelmäßig per Funk zu melden, und winkst ihm zum Abschied zu.

„Keine Sorge, ich schaffe das schon! Und jetzt ab mit dir. Finde diese Anorthosite für die NASA!“, sagt Alan, bevor er im Innern des LM verschwindet.

Ähm, was in aller Welt – oder im Weltraum –
sind Anorthosite?
Anonyme Orthopäden? Fiese Parasiten? Mondblumen?

Zeichne hier hin, wie du dir Anorthosite vorstellst.
Wenn du fertig bist, blättere zu Seite 108.

Gut gemacht! Du hast es über den Krater geschafft, aber landen musst du auch noch.

„Wir haben noch Treibstoff für 30 Sekunden!“, sagt Alan.

Du musst das Landemodul sicher aufsetzen ... oder die Mission abbrechen.

Ich sehe flaches Gelände vor dir! Genau genommen gibt es dort mehrere Möglichkeiten zum Landen.

An welcher Stelle willst du es versuchen?

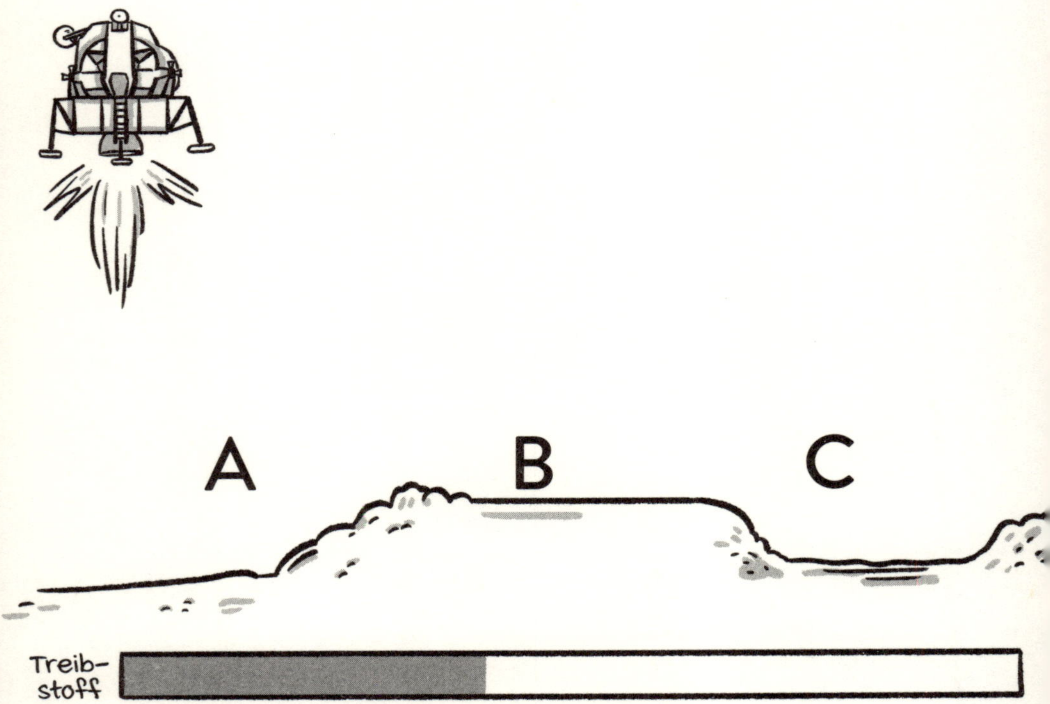

A: Geh zu Seite 76.
B: Blättere zu Seite 168.
C: Mach auf Seite 86 weiter.

Es wird Zeit, mit dem Mondauto zu fahren! Anstelle eines Lenkrads hast du einen T-förmigen Steuerknüppel vor dir, mit dem du das Fahrzeug lenken und die Geschwindigkeit ändern kannst. Es kann sein, dass du die Steuerung nicht gleich im Griff hast, daher solltest du deine Route besser im Voraus planen!

Und vergiss nicht, dass es bei der NASA eine sehr strikte Regel gibt: Du darfst nur so weit fahren, dass du bei einer Panne des Mondautos noch genug Sauerstoffreserven hast, um zu Fuß zur Landefähre zurücklaufen zu können.

Dein Tank hat genug Sauerstoff, um die Strecke von A nach B zurückzulegen.

Welchen Weg willst du nehmen?

Hast du dich für Route Nr. 1 entschieden?
Geh zu Seite 114.

Hast du dich für Route Nr. 2 entschieden?
Blättere zu Seite 101.

Ja! Großartige Idee! Du musst dich vorwärtsbewegen, wenn du zur Erde zurückwillst.

Du hast immer geplant, um den Mond herumzufliegen ... aber jetzt ist das wichtiger als je zuvor. Du wirst zwar nicht auf dem Mond landen, aber er wird euch das Leben retten.

„Schwerkraftumlenkung vorbereiten", sagst du zu Fred und Jack.

Wenn du dich dem Mond näherst, wird dein Schiff von seiner Schwerkraft erfasst und angezogen. Du wirst um den Mond sausen, der sich in einer Umlaufbahn zur Erde befindet, und beschleunigen. Dann wird der Mond dich wie eine Schleuder in Richtung Erde schießen. Auf diese Art kommst du schneller nach Hause ... bevor dir der Sauerstoff ausgeht!

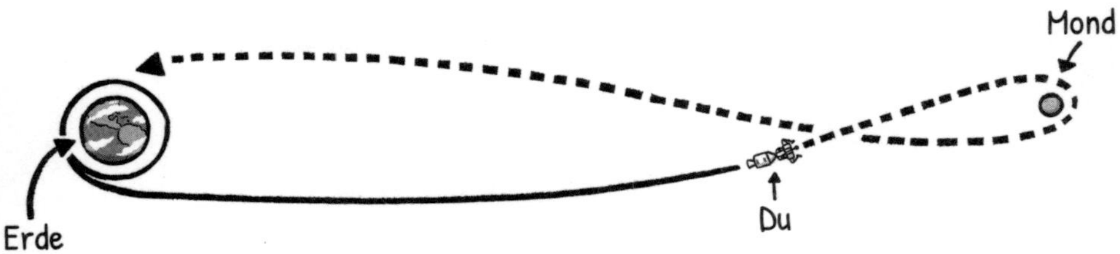

Eine Schwerkraftumlenkung kannst du auch auf der Erde erleben, beispielsweise wenn du einen Hügel oder eine Rampe hinuntergehst. Damit du dir das besser vorstellen kannst, bringe das Raumfahrzeug auf Seite 99 – es hat keinen Treibstoff mehr – zur Ziellinie.

Zeichne die Rampen in die beiden leeren Kreise, über die das Fahrzeug zum Ziel kommt. Du kannst jede Rampe nur einmal verwenden. Schreibe die Nummern der von dir ausgewählten Rampen nacheinander in die Lücken. Folge dann den Anweisungen.

Geh zu Seite 1 ___ ___ .

Weil ich so nett bin, habe ich die erste Rampe bereits für dich eingezeichnet.

Brauchst du Hilfe? Schieß dich zu Seite 189.

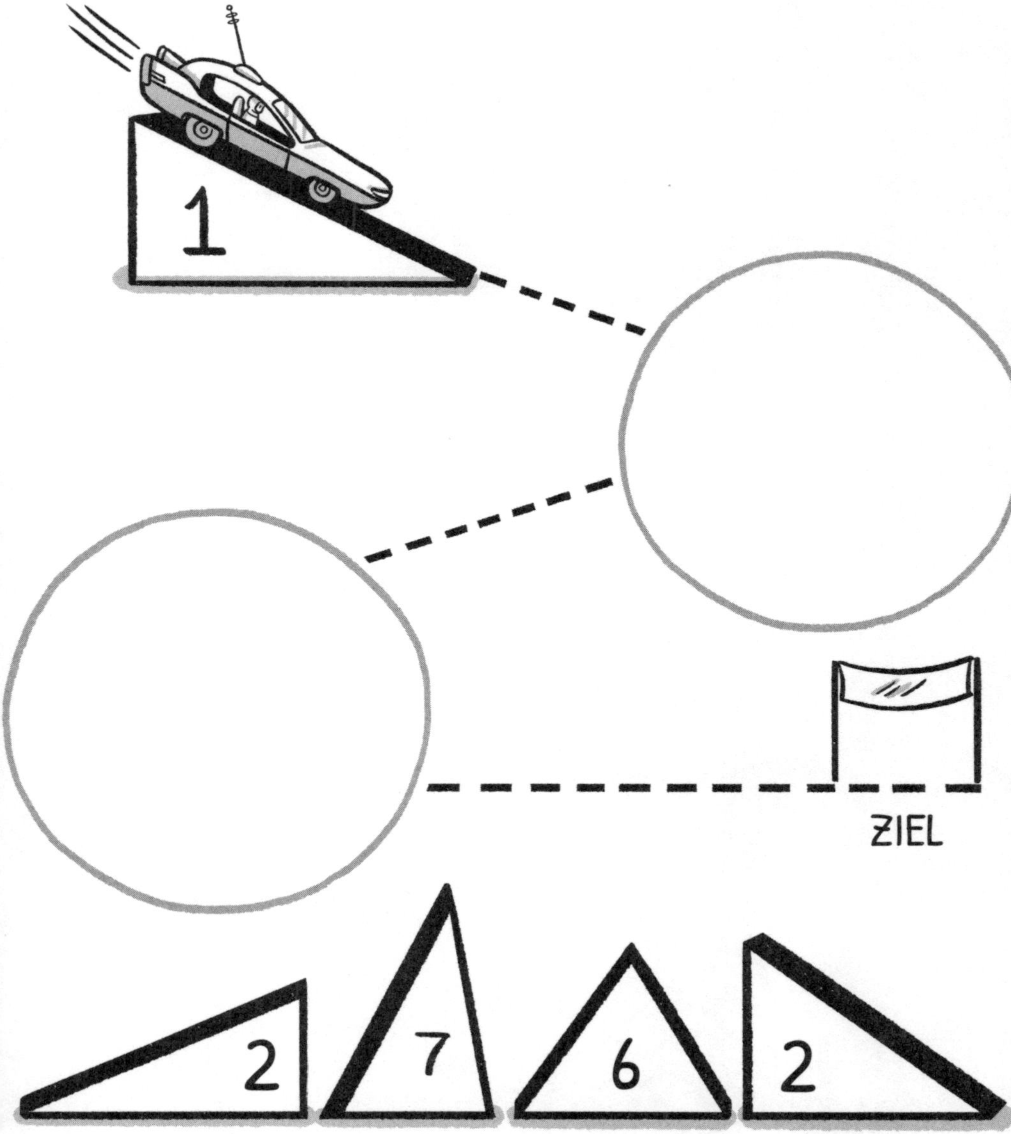
1
ZIEL
2
7
6
2

„Das ist die Signallampe für Bodenkontakt!“, brüllt Alan. „Wir sind gerade gelandet!“

„Warum siehst du dann so beunruhigt aus?“, fragst du, weil dich Alans Gesichtsausdruck verwirrt.

Alan zeigt aus dem Fenster. „Ich weiß nicht so genau, *wo* wir gelandet sind!“

„Oh, oh“, murmelst du, als du einen Blick nach draußen wirfst.

Du sagst es, mein Freund. Oh, oh. Ganz richtig.

ENDE

Du kannst fast den Wind in deinen Haaren spüren, während du mit einem fröhlichen Lied auf den Lippen über den Mond rollst. Das Einzige, was an Bord des Mondautos fehlt, ist eine Musikanlage – dann hättest du dein Lieblingslied ganz laut abspielen können.

Das Lied wäre „Du hast dich zu weit vom Landemodul entfernt“ gewesen, habe ich recht?

Du kannst darüber nachdenken, wenn das Mondauto eine Panne hat und du mitten im Nirgendwo feststeckst.

ENDE

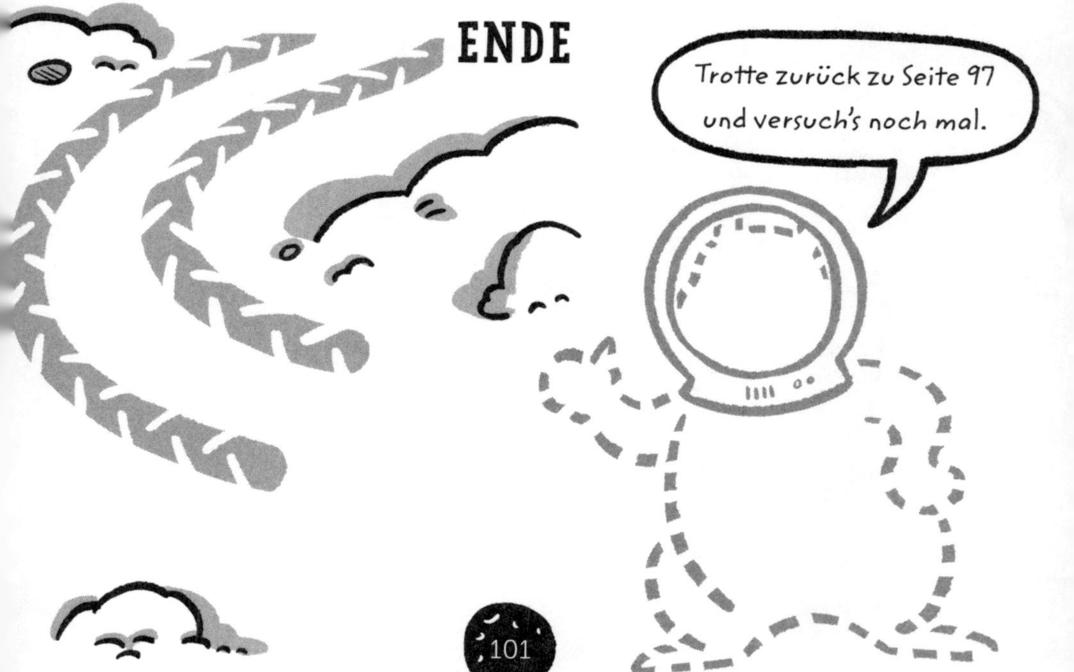

Ausgezeichnet! Nachdem du so viel altes Gestein gesammelt hast, ist es Zeit für einen Snack! Zum Glück ist im Helm deines Raumanzugs ein Mundstück eingebaut, mit dem du trinken und essen kannst. Lecker! Ich liebe Essen in Beuteln!

Was möchtest du in deinem Beutel haben?

Zeichne dein Lieblingsessen in den Mixer und drücke auf den Knopf, damit es zerkleinert wird.
Dann zeichne, wie das Essen aus dem Mixer in den Beutel gefüllt wird.
Igitt! Das sieht ja ekelhaft aus! Blättere bitte sofort zu Seite 116.

Du und Alan brecht in laute Jubelschreie aus! Die blaue Signallampe bedeutet, dass die Füße des Landemoduls Kontakt zur Mondoberfläche haben. Du bist so sanft gelandet, dass keiner von euch beiden etwas davon gespürt hat!

„Ich weiß nicht, warum du dir solche Sorgen gemacht hast“, sagt Alan lachend. „Wir haben doch noch Treibstoff für zwei Sekunden.“

Du stellst die Triebwerke ab und plötzlich ist alles ruhig. Das Kontrollzentrum wartet darauf, dass du etwas sagst. Und ich auch.

Du weißt, dass die ersten Worte, die du auf dem Mond aussprechen wirst, in die Geschichte eingehen werden. Ich weiß, was Neil Armstrong gesagt hat … aber was wirst du ins Funkgerät sprechen?

Schnell! Finde ein Beispiel für jedes der unten genannten Wörter.

Adjektiv: ____________________

Adjektiv: ____________________

Tier: ____________________

Adverb: ____________________

Adjektiv: ____________________

Adjektiv: ____________________

Nahrungsmittel: ____________________

Wenn du fertig bist, reiße das Papier entlang der gestrichelten Linie ein und klappe die Lasche um.

„Das war cool“, sagt Alan. Deinem Kollegen geht es nicht gut, was aber nicht nur an dem liegt, was du gerade gesagt hast. Er hat die Hände auf den Bauch gedrückt, schafft es aber trotzdem, dich anzulächeln. „Lass uns die Raumanzüge anlegen und nach draußen gehen!“, meint er.

Ein Raumanzug ist so etwas Ähnliches wie ein tragbares Raumschiff. Er hat alles, was du zum Überleben brauchst. Aber es kann eine ganze Weile dauern, bis du ihn angelegt hast!

Deinen Druckanzug trägst du bereits. Aber für einen Mondspaziergang musst du noch einiges mitnehmen:

- **schützende Überschuhe** 
- **Handschuhe mit Fingerspitzen aus Gummi** 
- **Filter/Visiere für deinen Helm, um dich vor dem Sonnenlicht zu schützen** 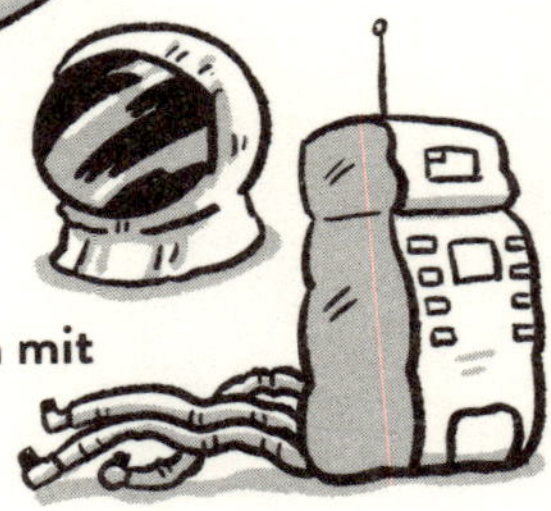
- **Rucksack mit tragbarem Lebenserhaltungssystem mit Sauerstoff und Kühlwasser**

Geh zur nächsten Seite.

Fülle die Lücken mit den Wörtern aus, die du gesammelt hast.
Ich kann es kaum erwarten, dass die Leute auf der Erde hören, was du zu sagen hast!

„Houston, der/die/das ____________ (Adjektiv) und

____________ (Adjektiv) ____________ (Tier)

ist so ____________ (Adverb) gelandet wie ein

____________ (Adjektiv) und ____________ (Adjektiv)

____________ (Lebensmittel).“

Blättere um.

Auf der Erde wiegen Raumanzug und Überlebensrucksack insgesamt 82 Kilo. Auf dem Mond sind das wegen der geringen Schwerkraft aber nur 14 Kilo!

Zeichne die verschiedenen Teile an deinen Raumanzug. Blättere dann um.

Nachdem du und Alan euch gegenseitig geholfen habt, die Raumanzüge anzulegen, öffnest du die Luke des LM.

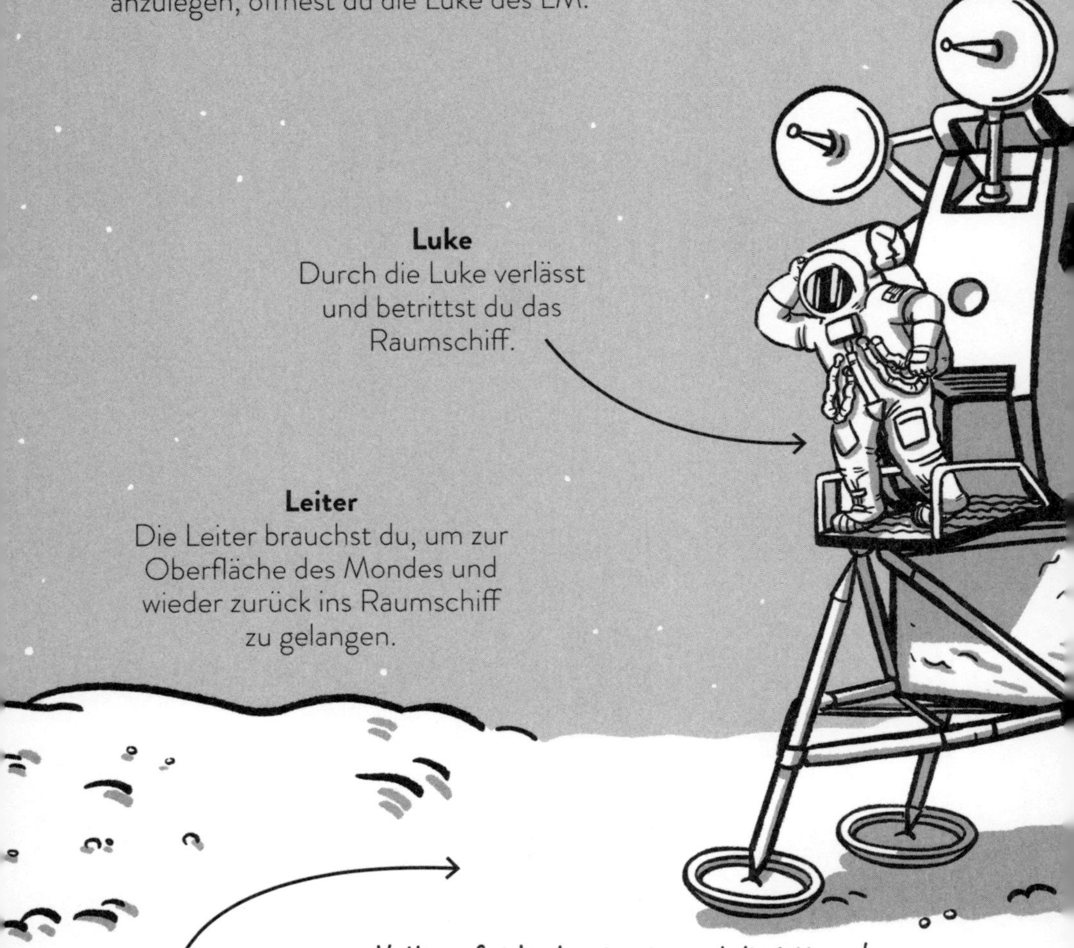

Moment mal! Hier fehlt doch etwas Wichtiges! Zeichne die Leiter hier hin, damit du zur Oberfläche des Mondes klettern kannst. Wenn die Leiter an Ort und Stelle ist, kannst du weitermachen!

Als dein Fuß im weichen, sandigen Boden versinkt, wird dir bewusst, dass du es geschafft hast: Du stehst auf einer anderen Welt. Am Horizont kannst du deine Heimat sehen ... die Erde!

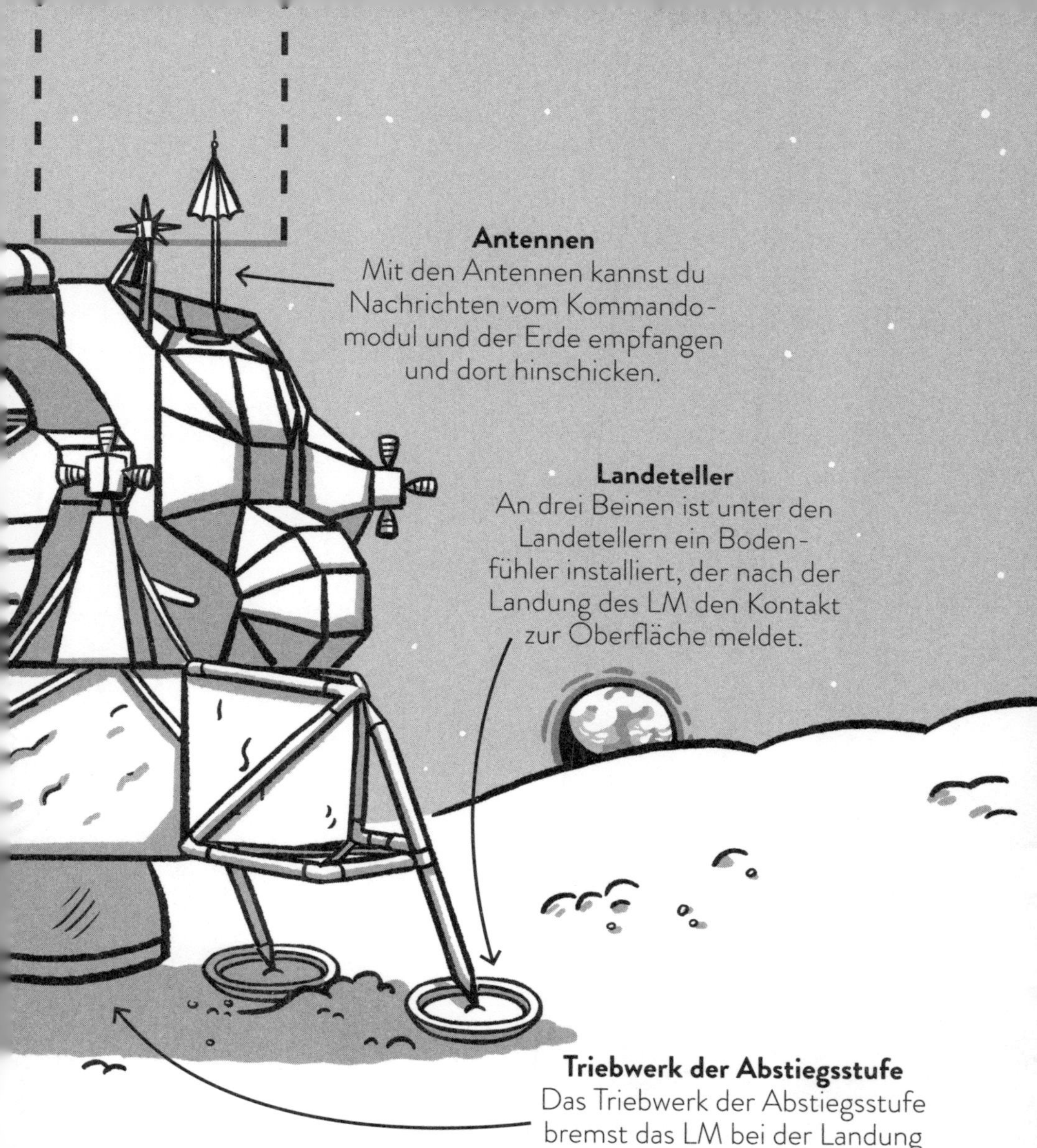

Wenn du dir das Landemodul angesehen hast, reiße das Papier entlang der gestrichelten Linien ein, klappe die Lasche um und folge den über Funk erteilten Anweisungen von der Erde.

Blättere zu Seite 82.

Aha! Anorthosite sind das älteste Mondgestein! Ich habe das natürlich die ganze Zeit gewusst, schließlich bin ich ein Genie!

Wie du weißt, kann man auf dem Mond sehr hoch springen, da die Schwerkraft dort geringer ist. Ein Basketballspieler könnte auf dem Mond sechsmal so hoch springen wie auf der Erde. Aber da du bei deinem Mondspaziergang einen unförmigen Raumanzug trägst, bist du schon nach 100 Metern müde.

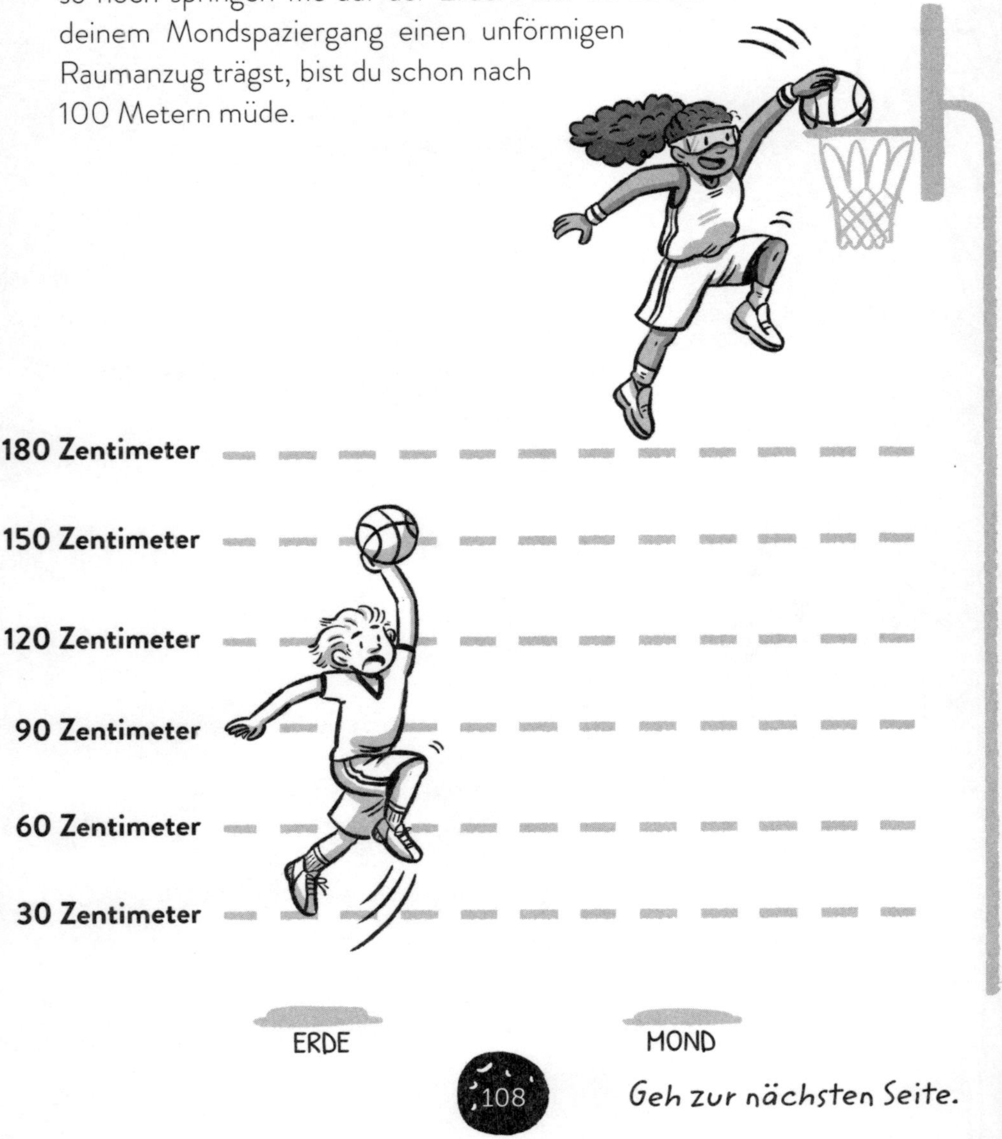

Geh zur nächsten Seite.

Zum Glück haben die Leute von der NASA einige Fahrzeuge entwickelt, mit denen die Astronauten auf dem Mond herumfahren können. Was für eines haben sie dir bei deiner Mission mitgegeben?

Fang oben an und zeichne, wie du dir die verschiedenen Fahrzeuge vorstellst. Wenn du fertig bist, reiße das Papier entlang der gestrichelten Linien ein und klappe die Laschen um.

MONDWURM

MONDHÜPFER

MONDAUTO

Zentimeter für Zentimeter? Zu langsam!
Versuch's noch mal.

Der Hüpfstab ist viel zu wacklig, um damit über Krater zu springen!
Versuch's noch mal.

Das ist dein Fahrzeug!
Geh zu Seite 112.

Du sinkst viel zu schnell nach unten und bist noch dazu in Seitenlage. Als du mit dem LM auf dem Mond aufsetzt, kippt es um!

ENDE

Darf ich vorstellen: Dein neues Auto!

Das Mondauto wird zusammengefaltet und an der Außenseite des LM angebracht, damit es einfacher zum Mond gebracht werden kann. Normalerweise braucht man zwei Astronauten, um es aufzubauen, aber ich glaube, das kann ich für dich übernehmen. Schließlich hat das Auto 38 Millionen US-Dollar gekostet (heute wären das 200 Millionen US-Dollar) und es soll auf keinen Fall einen Kratzer bekommen.

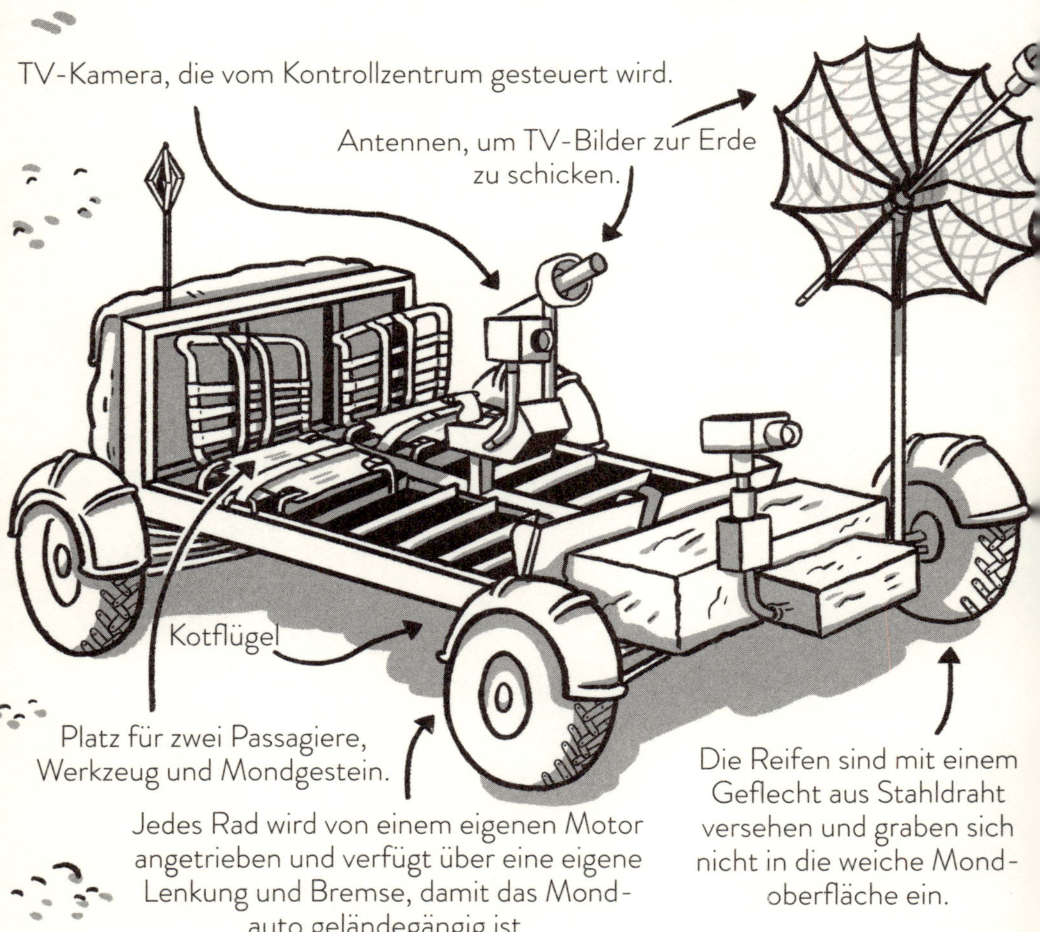

Geh zur nächsten Seite.

Auf der Erde wiegt das Fahrzeug etwa 210 Kilo – ein Sechstel so viel wie ein Kleinwagen –, kann aber das Doppelte seines Gewichts an Nutzlast tragen.

Weißt du, was bei diesem Auto fehlt?
Das Kennzeichen! Zeichne hier dein eigenes hin.

Wenn du fertig bist, sieh dir das Kennzeichen an, das an meiner Kutsche hängt.
Benutze es, um die Lücke unten auszufüllen.

Blättere zu Seite ________.

Brauchst du Hilfe?
Blättere zu Seite 189.

Gut gemacht! Bei einer Geschwindigkeit von 13 Stundenkilometern kannst du bei deiner Fahrt über einen kleinen Hügel für einen kurzen Moment die Aussicht genießen.

Ja, es macht Spaß, mit dem Mondauto herumzufahren, aber jetzt musst du Anorthosite einsammeln. Das Kontrollzentrum hat dich beauftragt, 10 Pfund an verschiedenen Stellen zu sammeln.

Wenn du genau 10 Pfund eingesammelt hast, bringe die Buchstaben auf den Steinen, die du gefunden hast, in die richtige Reihenfolge.

Ergeben die Buchstaben das Wort **LUNAR**? Geh zu Seite 102.

Siehst du das Wort **ROVER**? Blättere zu Seite 88.

Alan ist in Schwierigkeiten! Du musst sofort zum LM! Du greifst zu schnell nach dem Steuerknüppel und knallst mit dem Handschuh auf das Armaturenbrett dahinter. Oje.

Der Computer, den du gerade zerstört hast, zeichnet die Entfernung auf, die jedes der vier Räder zurückgelegt hat. Daher könnte er deine genaue Route zum LM Zentimeter für Zentimeter wiederfinden. Aber jetzt nicht mehr! Und ein normaler Kompass würde hier oben nicht funktionieren – es gibt kein Magnetfeld, in dessen Richtung sich die Kompassnadel ausrichten kann!

Wie willst du jetzt den Weg zurück zum LM finden? Auf dem Mond sieht alles gleich aus. Zum Glück bereitet die NASA ihre Astronauten auf solche Notfälle vor – und deshalb weißt du, wie man einen Sonnenkompass liest.

Der Sonnenkompass sieht so aus:

Geh zur nächsten Seite.

Falte diese Ecke nach vorn, damit die Sonne über den Horizont scheint, und folge dem Schatten, den der Stock in diesem Moment werfen würde.

Ich habe aber keine Zeit, um dir noch einen Auffrischungskurs zur Funktionsweise des Sonnenkompasses zu geben. Wir benutzen einfach diesen Stock, den ich für dich in die Mondoberfläche gesteckt habe.

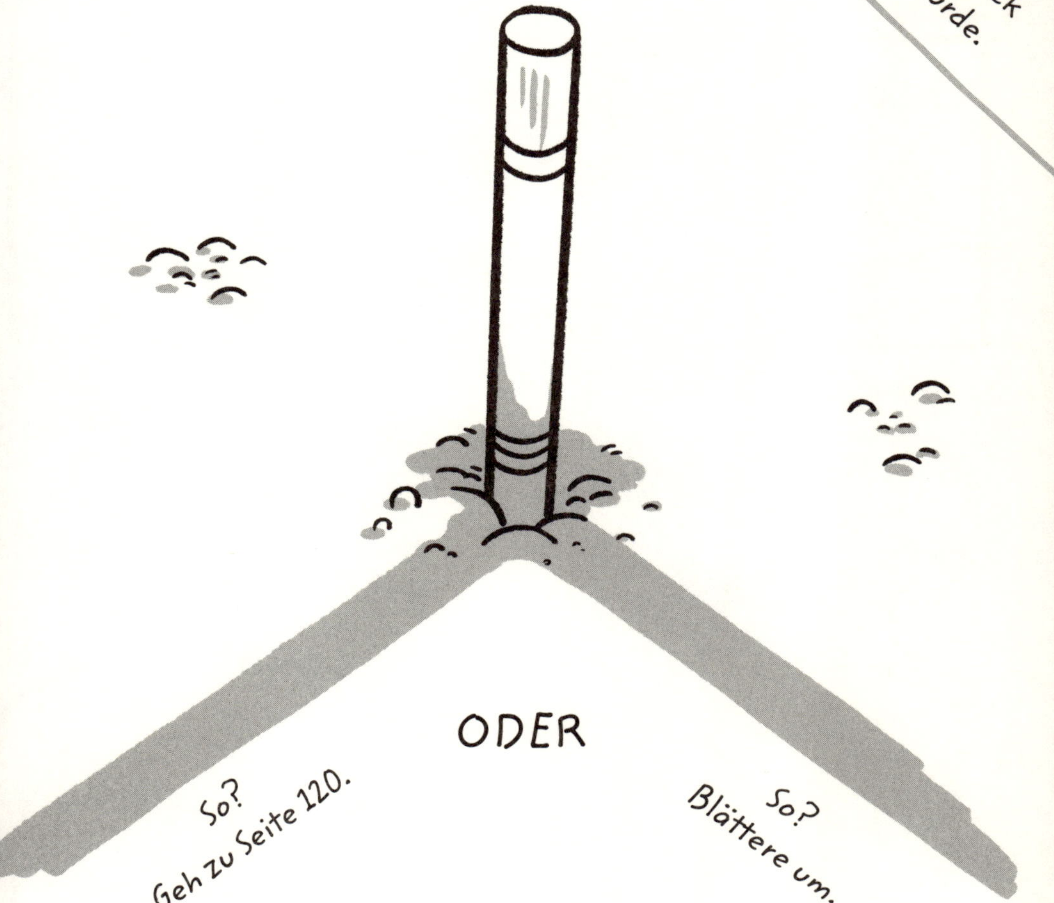

ODER

So? Geh zu Seite 120.

So? Blättere um.

Du findest das LM nicht. Aber es gibt gute Neuigkeiten!

Du entdeckst einen riesigen Krater mit tollen Hängen und Schrägen – die perfekte Stelle, um ein paar Sprünge mit dem Mondauto auszuprobieren.

Und schlechte Neuigkeiten! Deinem Mondauto geht mitten im Sprung der Strom aus. Sieht so aus, als wäre der Spaß vorbei!

ENDE

Ähm, ja ... sehr interessante Entscheidung. Leider die falsche.

Der Mond hat keine Atmosphäre, deshalb werden Flügel und Fallschirme auch durch nichts aufgehalten. Sie sind völlig nutzlos! Trotz der geringen Schwerkraft fällst du wie ein Stein zur Mondoberfläche – und dann ... na ja ...

Gut gemacht! Ich bin schwer beeindruckt. Aber eine der größten Herausforderungen liegt noch vor dir. Du weißt jetzt, in welcher Richtung das Landemodul steht, aber um dort hinzugelangen, musst du ein paar Abkürzungen nehmen!

Es ist sehr wichtig, dass du auf deinem Weg vom START bis zum ENDE kein einziges Mal rückwärtsfährst! Schreibe die Buchstaben, an denen du auf deinem Weg vorbeikommst, in der richtigen Reihenfolge in die Lücken und folge den Anweisungen.

Brauchst du Hilfe? Geh zu Seite 189!

___ ___ ___ ___ ___ ___ ___ ___ ___ ___ ___ ___ ___ ___ ___ ___ ___ ___.

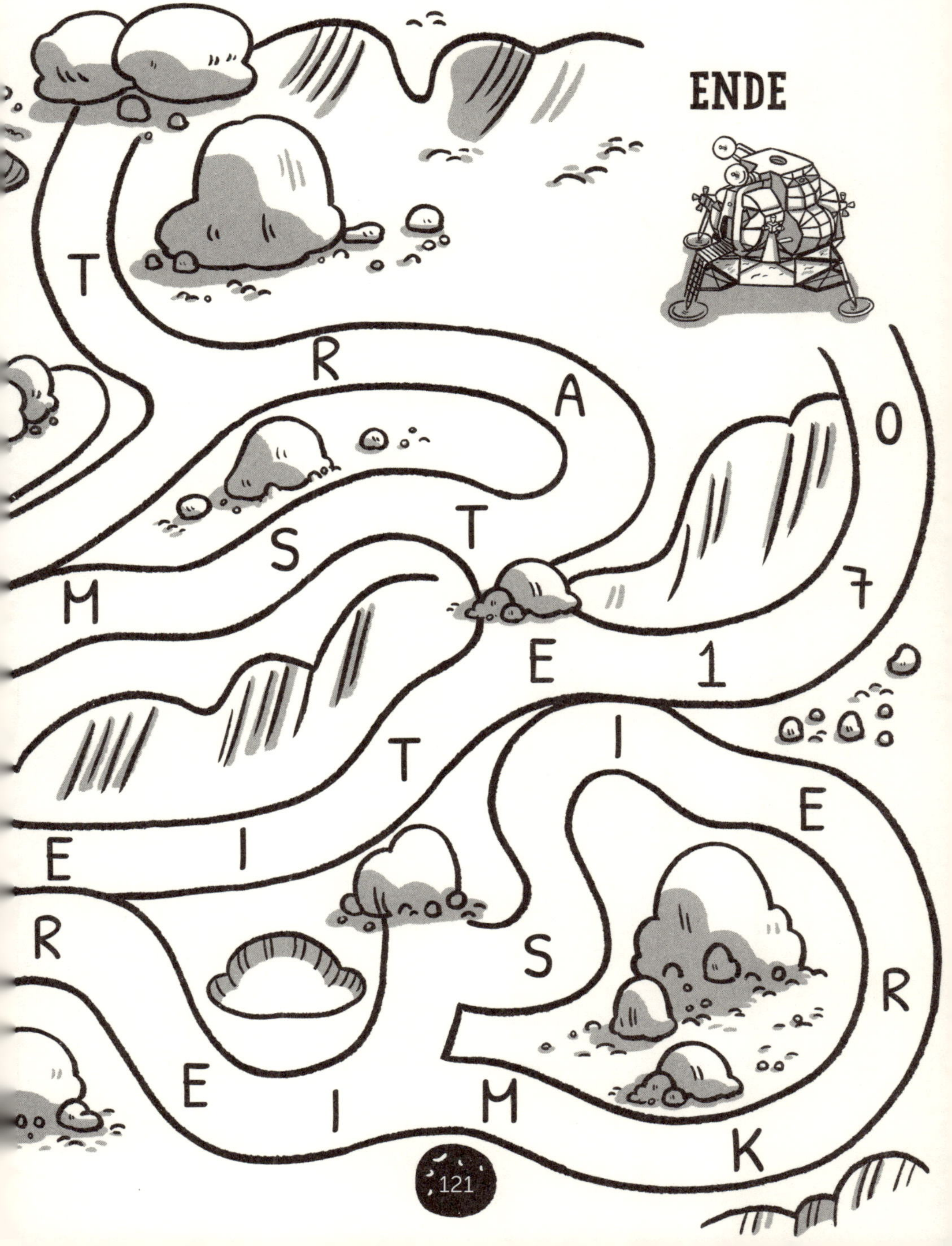
ENDE
T
R
A
O
T
S
M
7
E
1
T
I
E
E
I
R
S
R
E
M
I
K

Okay! Ich glaube, jetzt kannst du um den Mond fliegen.

Aber ich muss dich warnen: Wenn du dieses Manöver ausführst, blockiert der Mond sämtliche Funksignale zur Erde. Das bedeutet, dass ihr drei ein paar Minuten lang nicht mit dem Kontrollzentrum reden könnt.

Nur ganz wenige Leute sind jemals so weit von anderen Menschen entfernt und so allein gewesen.

Damit du dir vorstellen kannst, was ich meine, zeichne hier eine Szene aus einem Film hin, die zeigt, was du und deine beiden Crewmitglieder tun, während ihr nervös darauf wartet, dass die Funkstille endet.

Geh zu Seite 171.

Schnell! Du musst den abgebrochenen Schalter sofort ersetzen! Das ist die einzige Möglichkeit, um den Schaltkreis zu schließen und das Triebwerk zu starten.

Du siehst dich um … Alan hat seine Spaghetti nicht angerührt. Könntest du eine Nudel verwenden?

Du bist dir nicht sicher und starrst auf deine Hand. Vielleicht klappt es auch mit deinem Stift?

Entscheide dich für einen Gegenstand und zeichne ihn an die Stelle des abgebrochenen Schalters.

Hast du eine lange Nudel gezeichnet? Geh zu Seite 83.

Hast du einen Stift gezeichnet? Blättere zu Seite 26.

Du setzt dich auf deinen Thron neben den Marsianer – ähm, ich meine, deinen Stuhl vor einem Computer – und winkst Chuck zu, deinem Stellvertreter, der neben dir sitzt. Er hat alle Checklisten für den Flug im Kopf und weiß ganz genau, wann was passieren soll.

„Hallo, Boss", begrüßt dich Chuck mit einem breiten Grinsen. „T minus fünf Minuten!"

Das „T" steht für „time", also den Zeitpunkt des geplanten Raketenstarts. Jetzt sind es noch fünf Minuten bis zum Start! Du solltest dich besser mit der Crew an Bord der Rakete in Verbindung setzen. Die Rakete steht 1.600 Kilometer von dir entfernt.

„Apollo, hier spricht das Kontrollzentrum", sagst du in das Mikrofon deines Headsets. „Haben wir ein *Go*?"

„Auf jeden Fall!", antwortet dein Bruder aus dem Kommandomodul. „Alles andere lasse ich nicht gelten!"

Du lachst. „Wie läuft's denn so im Kommandomodul, großer Bruder?"

Ach ja. Das habe ich vergessen zu erwähnen: Dein Bruder ist Astronaut und er ist der Kommandant dieses Apollo-Raumflugs!

Auf dem großen Bildschirm ganz vorn im Raum wird ein unscharfes Schwarz-Weiß-Foto deines Bruders neben Neil Armstrong und Buzz Aldrin angezeigt.

Geh zur nächsten Seite.

„Na ja, wir sitzen hier auf mehreren Tausend Tonnen hochexplosiven Treibstoffs“, antwortet dein Bruder mit einem hörbaren Schmunzeln, „und im Kommandomodul geht es ein bisschen eng zu.“

Vielleicht kannst du etwas tun, damit es dein Bruder, Buzz und Neil bequemer haben. Sag ihnen, dass sie sich vorstellen sollen, sie wären Sardinen.

Zeichne hier hin, wie dieser Sardinenastronaut zwischen die beiden anderen passen würde (wie bei einem Puzzle).
Und vergiss nicht, auch die Nummer auf dem Anzug der letzten Sardine zu zeichnen!
Jetzt zähle die drei Zahlen von links nach rechts zusammen.

Brauchst du Hilfe?
Geh zu Seite 190.

Wenn 20 herauskommt, blättere zu Seite 32.

Ist dein Ergebnis 17? Geh zu Seite 24.

WEG DES KOMMANDANTEN

Herzlichen Glückwunsch! Die NASA hat dich zum Kommandanten dieses Raumflugs ernannt!

Das bedeutet, dass du auf eurer sechstägigen Reise zum Mond und wieder zurück der leitende Astronaut sein wirst. Der Flug wird gefährlich und schwierig sein, daher ist es gut, dass du schon dein ganzes Leben lang dafür ausgebildet worden bist.

Anfang der Sechzigerjahre hast du Düsenjets geflogen, die die Schallmauer durchbrochen haben ... wie das Flugzeug, das du auf der nächsten Seite basteln kannst.

Reiße das Papier auf der nächsten Seite entlang der gestrichelten Linien ein, um das Düsenflugzeug startklar zu machen. Dann falte es und zwar so:

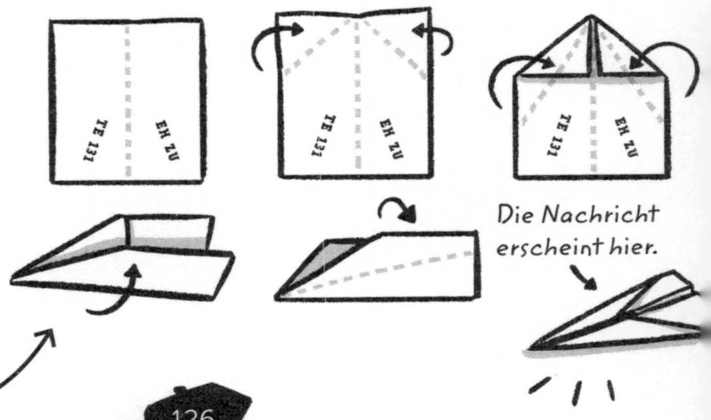

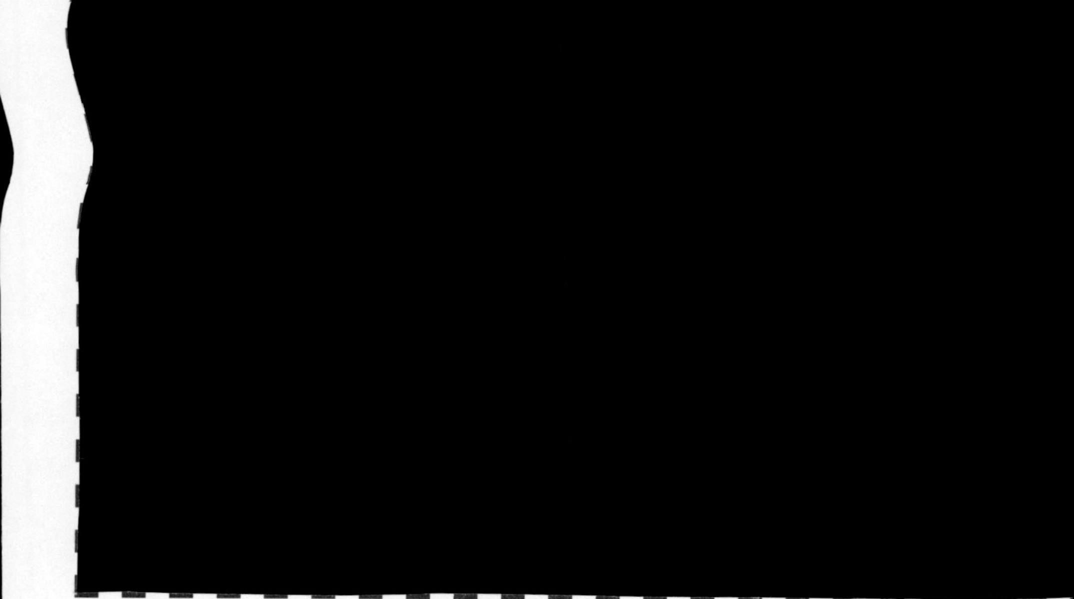

Wenn du fertig bist, sagen dir die Wörter auf den Flügeln, was du als Nächstes tun musst.

Wenn du Hilfe brauchst, blättere zu Seite 190.

1961 hat Präsident John F. Kennedy die Vereinigten Staaten herausgefordert und versprochen, bis zum Ende des Jahrzehnts einen Menschen auf den Mond zu bringen. Als du seine Rede damals auf einem Schwarz-Weiß-Fernseher verfolgt hast, dachtest du: „Mr President, das werde ich sein!"

„Wir fliegen sofort nach Hause!“, eröffnest du den überraschten Crewmitgliedern. Bevor sie etwas sagen können, verbrennst du wertvollen Treibstoff, indem du das Raumschiff wendest und in die entgegengesetzte Richtung fliegst.

Zwei Stunden später heult der Alarm der Treibstoffanzeige los. Du hast noch Treibstoff für 20 Minuten, bist aber noch zwei Tage von der Erde entfernt.

ENDE

Der Start der Rakete ist viele Kilometer weit zu sehen und zu spüren. Und genau dort bist du jetzt – viele Kilometer vom Startgelände entfernt.

Du hast vergessen, dich in die Rakete zu zeichnen. Deine Mission ist vorbei!

ENDE

Gut gemacht! Im Kommandomodul ist nicht viel Platz. Und eine Toilette passt erst recht nicht hinein. Wenn du pinkeln musst, benutzt du einen Spezialschlauch, der mit der Außenseite der Rakete verbunden ist. Richtig – im Grunde genommen pullerst du in den Weltraum.

Für dein großes Geschäft benutzt du einen Plastikbeutel. Aber vergiss nicht, das Desinfektionsmittel in den Beutel zu geben, wenn du fertig bist. Es verhindert, dass Bakterien im Beutel wachsen und ihn explodieren lassen! Wenn das passiert, würde alles in der Kabine herumschweben und –

Igitt! Ich kann nicht darüber reden. Das ist zu viel für mich! Stell dir einfach vor, du schwimmst in einem Pool und jemand lässt eine Tüte Popcorn ins Wasser fallen. Zeichne es hier hin. So in etwa würde der Inhalt eines explodierten Toilettenbeutels in der Kabine des Raumschiffs herumschweben. Wenn du fertig bist, geh zu Seite 152 ... aber mach schnell! Ich kann gar nicht hinsehen!

Dein Flugtraining und deine Ausbildung haben lange gedauert, aber jetzt ist der Tag der Tage Ende der Sechzigerjahre endlich gekommen! Der Starttag! Heute fliegst du zum Mond!

Die Sonne ist noch nicht aufgegangen, aber du bist schon wach. Techniker helfen dir und den beiden anderen Astronauten, Fred Haise und Jack Swigert, beim Anlegen der Raumanzüge.

Ich habe GUTE Nachrichten für dich! Dein Raumanzug und der Überlebensrucksack wiegen insgesamt 82 Kilo, aber auf dem Mond wird sich das nur wie 14 Kilo anfühlen – weil die Schwerkraft dort erheblich geringer ist.

Und jetzt zu den SCHLECHTEN Nachrichten.
Oh! Keine Panik! Ich wollte dich nicht erschrecken!
Um herauszufinden, was ich meine, fülle die Lücken unten mit Beispielen für die entsprechenden Wörter aus.

(a) Adjektiv: ______________

(b) Adjektiv: ______________

(c) Gemüse: ______________

(d) Gemüse: ______________

(e) Belag für einen Hotdog:
____

Wenn du fertig, reiße die Seite entlang der gestrichelten Linie ein und klappe die Lasche um!

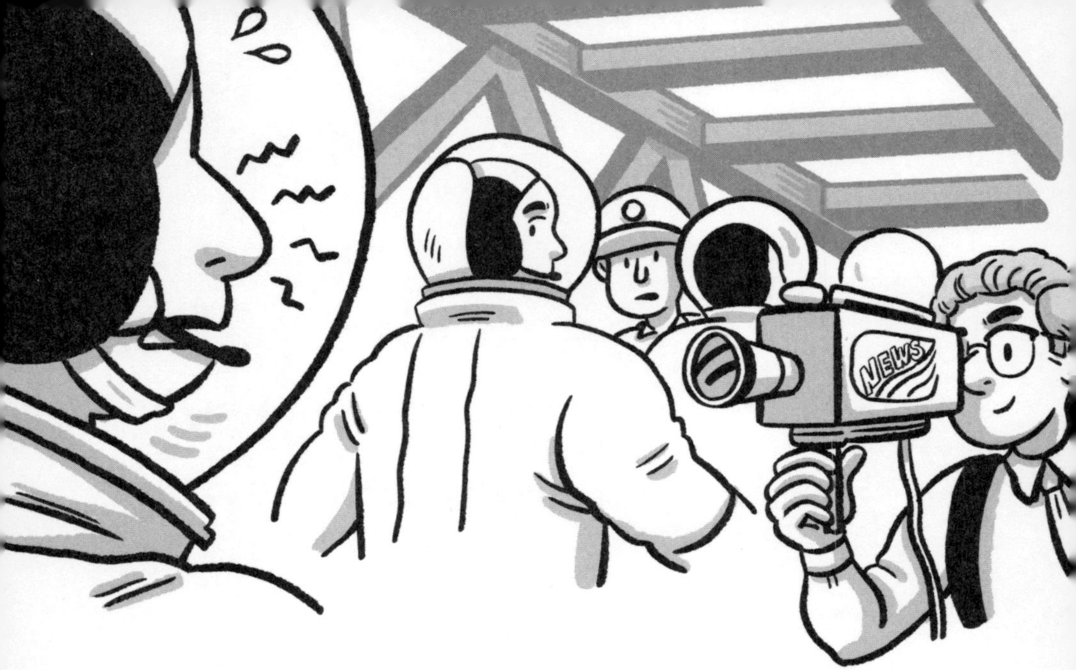

Okay, jetzt kannst du die schlechten Nachrichten vertragen. Es ist so:

Deine Nase juckt.

Sie juckt ganz FÜRCHTERLICH! Du trägst deinen Raumanzug und den Helm und kommst mit den Fingern nicht an die Nase, um dich zu kratzen. Aber du willst auf keinen Fall das Gesicht verziehen – schließlich sehen dir Millionen Menschen im Fernsehen zu, einschließlich deiner Familie und deiner Freunde.

Geh zur nächsten Seite.

Fülle die Lücken mit den Wörtern aus, die du gerade gesammelt hast!

Ich bin froh, dass du dein Lieblingsfrühstück aus ________ (a), ________ (b) ________ (c) und ________ (d) mit ________ (e) gegessen hast.

Und du solltest es auch im Magen behalten und dich nicht übergeben, denn dein weißer Schutzanzug kostet 100.000 US-Dollar!

Blättere um.

Ich weiß, was du tun musst! Beim Flug von Apollo 17 war der Astronaut Harrison Schmitt Experte darin, Probleme zu lösen. Kannst du erraten, wie er sich an der Nase gekratzt hat? Zeichne deine Vermutung hier hin. Dann reiße die Seite entlang der gestrichelten Linien ein und klappe die Lasche um.

Oh, so ist es viel besser. Jetzt kannst du das schöne Wetter in Florida genießen, während du und die beiden anderen Astronauten 13 Kilometer vom Vorbereitungsbereich zur Abschussrampe gefahren werdet. Dein Herz schlägt schneller, als du die riesige Saturn-V-Rakete vor dir siehst. Dieses dreiteilige Trägersystem ist die größte Rakete, die je gebaut wurde – sie ist 111 Meter hoch. Dann hat die Crew sicher viel Platz im Innern, oder?

Geh zur nächsten Seite und folge den Anweisungen in den Ecken.

Bist du so wie Harrison? Er hat ein Stück Klettband auf die Innenseite seines Helms geklebt, damit er sich nach Herzenslust kratzen konnte. Ab mit dir auf die nächste Seite!

Klappe diese Ecke zuerst um!
Und dann diese Ecke!

Hast du dich selbst in
die Rakete gezeichnet?
Geh zu Seite 137.
Du fehlst in deiner Zeichnung?
Blättere zu Seite 129.

Zeichne hier die Crew hin. Dann klappe die
untere Ecke um.

Du, Fred und Jack werdet im Kommandomodul sitzen. Das ist eine sehr kleine Kapsel am oberen Ende der Saturn-V-Rakete.

Ein Fahrstuhl bringt euch zur Spitze. Auf der Fahrt nach oben kannst du die Gitterwand des Fahrstuhls sehen. Riesige Buchstaben auf der Rakete blitzen auf, als du an ihnen vorbeifährst.

S-E-T-A-T-S-D-E-T-I-N-U

Ist das eine geheime Nachricht?
Kannst du erraten, was da steht?
Tipp: Versuche, die Buchstaben rückwärts zu lesen.

Die Tanks im Innern der Rakete enthalten flüssigen Sauerstoff und Wasserstoff, die auf superniedrige Temperaturen gekühlt werden. Der Treibstoff ist so kalt, dass sich auf der Außenseite der Rakete Eisplatten bilden, die sich wie die Haut einer Schlange ablösen. Die Rakete rülpst und stöhnt und macht alle möglichen sonderbaren Geräusche.

Zeichne hier ein Rülpsmonster hin.
Ich würde es wirklich gern sehen.
Wenn du fertig bist, blättere um.

Geh zur nächsten Seite.

Als ihr oben seid, verlässt du den Fahrstuhl und gehst über die Plattform zum Kommandomodul. Dann kletterst du durch die offene Luke in die kleine Kapsel und zwängst dich in den Mittelsitz, zwischen Fred und Jack. Bumm! Die Luke fällt zu und schließt euch ein.

Aber du brauchst dir keine Sorgen zu machen! Ihr drei werdet nicht allein sein. Etwa 99 Prozent der Zeit wird das Kontrollzentrum über Funk mit euch in Verbindung stehen. Viele Tausend Männer und Frauen arbeiten daran, dass euer Flug ein Erfolg wird.

Und jetzt hörst du auch schon die dröhnende Stimme aus dem Kontrollzentrum, die den Countdown für den Start ansagt.

„Zehn, neun ..."

Oh! Ich halte es vor Aufregung kaum noch aus. Der Start rückt mit jeder Sekunde näher!

„Acht, sieben ..."

Wie bitte? Du darfst jetzt nicht aufhören! Setze den Countdown fort, indem du das Papier entlang der gestrichelten Linien einreißt und Lasche A umklappst.
Dann folge den Anweisungen.

C	B	A

Die Party ist vorbei! Zurück an die Arbeit!

Gleich wird dein Raumschiff in die obere Erdatmosphäre eindringen. Im Gegensatz zum Weltall ist unsere Atmosphäre mit „Luft“ gefüllt – daher wird es sich so anfühlen, als würdest du gegen eine Wand fahren.

Das CM rast mit etwa 40.000 Stundenkilometern durch den Weltraum. Das ist schnell genug, um in einer Stunde mehr als viermal von New York City nach Los Angeles und zurück zu reisen! Ich sag’s mal anders: Auf der Autobahn legt ein Auto im Schnitt 27 Meter pro Sekunde zurück. Beim CM sind es **11.000** Meter pro Sekunde. Huch!

Du musst das CM so steuern, dass es im richtigen Winkel auf die Erdatmosphäre trifft. Wenn du zu steil hineinkommst, wird die Wucht des Aufpralls es zerreißen. Wenn ihr zu flach seid, werdet ihr über die Oberfläche springen wie ein Kiesel über Wasser – und die Erde verfehlen.

Aus dem Innern der Kapsel kannst du nicht sehen, welchen Weg in die Atmosphäre du nehmen wirst. Beweise, dass du dich auf deinen Instinkt verlassen kannst. Schließe die Augen und zeichne den Weg der Kapsel nach. Versuche es so lange, bis du es schaffst, ins Ziel zu kommen, ohne an die Seitenlinien zu stoßen.

Wenn du fertig bist, blättere zu Seite 167.

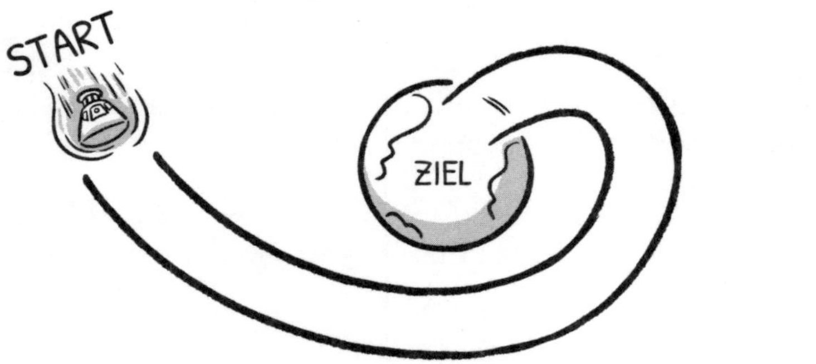

Eins ... Geh zu Seite 87.

Zwei ... Klappe Lasche C um.

Drei ... Klappe Lasche B um.

Während des Flugs von Apollo 8 machte der Astronaut William Anders ein Foto namens *Earthrise* (englisch für „Erdaufgang"). Dieses Bild hat das Leben vieler Menschen verändert. Zum ersten Mal konnten sie sehen, wie winzig die Erde vom Weltall aus wirkt. Das Foto hat sie erkennen lassen, dass alle Menschen auf der Erde zusammenarbeiten und unseren Planeten beschützen sollten.

Zeichne hier deinen eigenen Erdaufgang hin. Wenn du fertig bist, klappe die Lasche um und vergleiche deine Zeichnung mit dem Foto von William Anders.

Dein Computer fordert dich auf, eine Karte zu ziehen. Und dann verkündet er, dass er ein Kaninchen aus dem Hut zaubern wird, nachdem er seinen Assistenten zersägt hat.

Anscheinend hast du den Computer falsch programmiert. Es ist ihm völlig egal, ob du wieder zur Erde kommst. Stattdessen träumt er davon, ein berühmter Zauberer zu werden!

Abrakadabra ... die Mission ist vorbei!

ENDE

Blättere zu Seite 154.

Prächtig, ganz prächtig! Während du in der Kapsel herumgeschleudert wurdest, hast du die Module des Raumschiffs umgesetzt. Das Service-modul ist jetzt mit dem Kommandomodul verbunden, das mit dem Lan-demodul gekoppelt ist. Nun kannst du auf dem Mond landen ... aber bis dahin dauert es noch zwei Tage!

„Wir haben jede Menge Zeit", sagt Fred. „Da kann ich euch ja einen meiner berühmten Klopf-Klopf-Witze erzählen."

Oh nein. Ich habe schon von diesen Klopf-Klopf-Witzen gehört. Sie sind schrecklich!

BUMM! Das Raumschiff wird kräftig durchgeschüttelt.

„Was war das denn?", fragt Jack nervös, als alles wieder ruhig ist.

Du kannst ihm nicht antworten.

Aber ich. Im Servicemodul hat es eine Explosion gegeben. (Ich schwöre hoch und heilig, dass ich das nicht getan habe, um zu verhindern, dass Fred den Witz erzählt.)

Reiße das Papier entlang der gestrichelten Linie ein und klappe die Lasche um, dann kannst du es dir ansehen.

Oje. Geh zu Seite 57.

Blättere um.

Moment mal. Wo bist DU? Da ich dich auf dem Mond nicht finden kann, gehe ich jetzt einfach davon aus, dass du im Innern eines Vulkans auf dem weit entfernten Planeten Januso steckst. Viel Spaß!

ENDE

SEITE 182

Der gewaltige Schub der Rakete und die hohe Beschleunigung drücken dich in den Sitz.

Die erste Stufe der Rakete hat keinen Treibstoff mehr und wird abgetrennt. Sie wird nach unten ins Meer fallen. Wenn die zweite Stufe der Rakete ihren Treibstoff verbraucht hat, wird sie ebenfalls abgeworfen.

Willkommen in der Erdumlaufbahn! Du wirst lange genug in der Umlaufbahn sein, um zu verschnaufen und deinen Helm abzunehmen.

„Jungs, wir sind tatsächlich auf dem Weg zum Mond!“, verkündest du und klatschst deine Crew ab.

Das Kommandomodul (CM) und das Servicemodul (SM) werden fast während der ganzen Reise eine Einheit – Kommando-Service-Modul (CSM) genannt – bilden.

Geh zur nächsten Seite.

Da du die nächsten sechs Tage in der Kapsel verbringen wirst, zeichne hier ein Bild mit allem, was du brauchen wirst. Denke an alle Räume (damit meine ich **alle** Räume!), in denen du dich tagsüber bei dir zu Hause aufhältst.

Wenn du fertig bist, klappe die Lasche um.

Großartig. Du hast eine Toilette an Bord! *Das ist ja toll*, denkst du, während du diese wunderbare moderne Errungenschaft benutzt.

Vielleicht ist es doch nicht ganz so toll? Ohne Schwerkraft bleiben Flüssigkeiten und Feststoffe nämlich nicht in der Schüssel, sondern SCHWEBEN in der Luft.

Das Funkgerät krächzt und knackt. „Hier spricht das Kontrollzentrum. Wir verzeichnen schwere Fehler im Raumschiff. Blinkt irgendwo ein Alarm?", hörst du.

In dem Moment heult ein Alarm los und auf der Konsole vor dir blinken Warnlampen. Oje.

Fred und Jack sehen sich nervös an. Aber du bist der Boss. Du versuchst, ganz ruhig zu bleiben. „Jack, kannst du mir sagen, was los ist?"

Nachdem Jack die Alarmcodes überprüft hat, sagt er: „Aus irgendeinem Grund fallen alle wichtigen Systeme in einer der Konsolen aus. Was soll ich tun?"

Geh zur nächsten Seite.

Hast du eine Toilette gezeichnet?
Ja – blättere um.
Nein – geh zu Seite 130.

Dieses Mal kannst du dich nicht zwischen mehreren Möglichkeiten entscheiden. Schnell! Finde heraus, was los ist. Zeichne einen Schraubenzieher, der die Schraube unten löst. Dann reiße das Papier entlang der gestrichelten Linien ein und klappe die Seite nach links, um die Konsole zu öffnen und auf Seite 151 einen Blick in das Innere zu werfen.

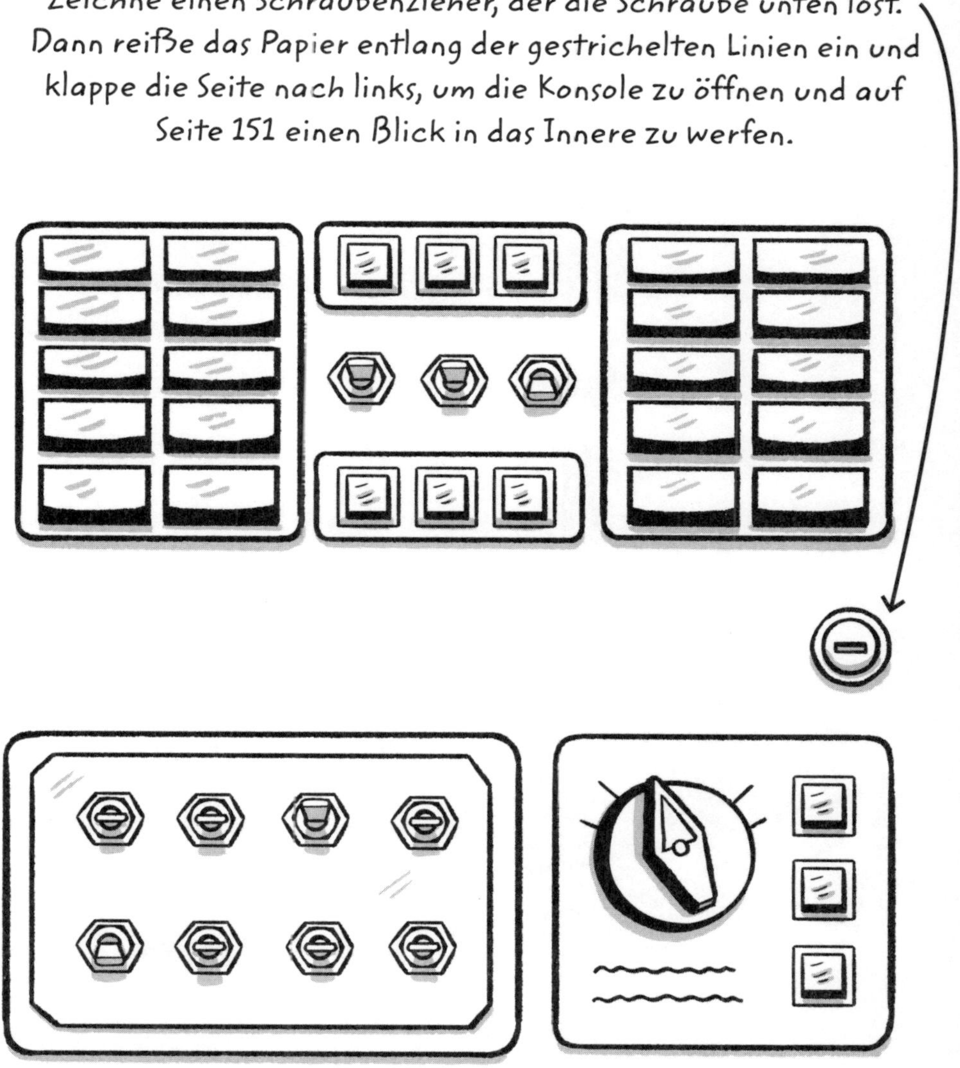

Das hast du toll gemacht! Du kannst das CSM vorläufig abschalten und dann geht ihr an Bord des LM. Dort wird es SEHR eng sein. Gut, dass ihr drei befreundet seid.

Ich weiß nicht, wie es dir geht, aber mich hat die viele Aufregung ein bisschen schläfrig gemacht. Das LM wird normalerweise nur von zwei Astronauten benutzt, die zwei Hängematten an der Wand befestigen – eine über der anderen –, wenn sie schlafen müssen.

Wo würdest du die dritte Hängematte aufhängen, damit du auch ein bisschen Schlaf bekommst? Zeichne sie ein. Dann blättere zu Seite 164.

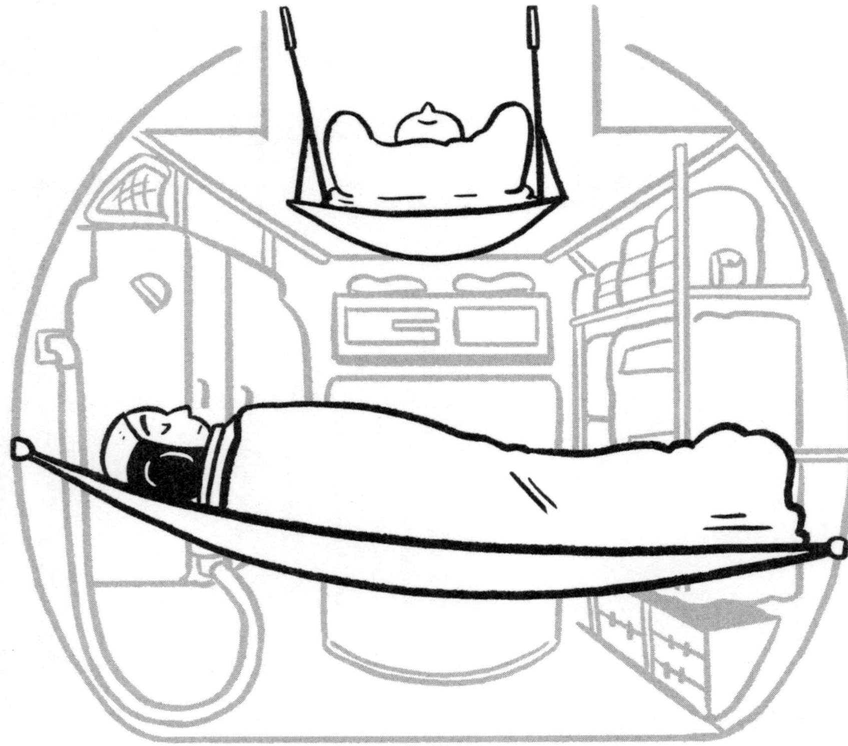

Das sind gelbe Tröpfchen, habe ich recht? Auf einem Flug der Mercury-Mission im Jahr 1963 ist etwas Ähnliches passiert.

Wo könnte die Flüssigkeit hergekommen sein? Nein, die Antwort will ich gar nicht wissen! Das ist viel zu eklig! Ich breche die Mission ab!

SEITE 183

ENDE

Okay, jetzt, wo du ein bisschen leichter bist … solltest du es auch genießen! Im Weltall herrscht fast Schwerelosigkeit. In eurem winzigen Modul ist nicht viel Platz, trotzdem kannst du mit den beiden anderen Crewmitgliedern zusammen herumschweben und dich von den Wänden abstoßen.

Es wird gleich Probleme geben, daher solltest du dich jetzt ausgiebig amüsieren!

Verbinde die Punkte und zeichne so den Weg der Astronauten. Die drei Umrisse, die dabei entstehen, werden wie Zahlen aussehen. Schreibe sie in die Lücken unten.

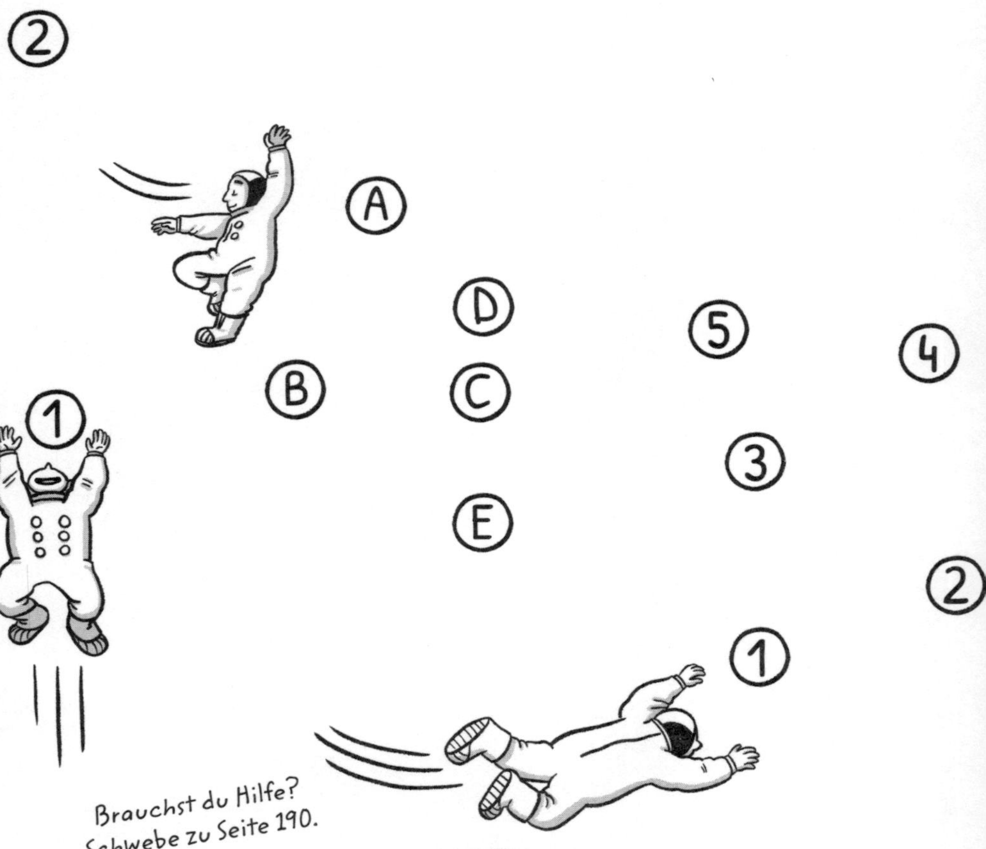

Brauchst du Hilfe? Schwebe zu Seite 190.

Geh zu Seite ___ ___ ___.

Du glaubst, dass 1202 eine furchterregende Zahl ist? Weißt du, was noch schlimmer wäre? Hast du schon mal was von Pi gehört? Diese Zahl hört gar nicht mehr auf und sie ist ungefähr so groß wie dein Bedauern darüber, dass du die Mission so schnell aufgeben musst!

ENDE

In dem Moment knackt und rauscht es im Funkgerät.

„Apollo, ähm, hier spricht Houston." Das Kontrollzentrum meldet sich mit einem leichten Zögern. „Wir haben wieder vollen Funkkontakt."

Dein Raumschiff hat den Mondschatten verlassen. Aber warum klingt die Stimme so nervös?

„Wir empfangen wieder Signale von euch, aber sie sind nicht gut", erklärt Houston. „Der Kohlendioxidgehalt im Schiff steigt."

Oh nein! Hast du gewusst, dass jedes Mal, wenn du atmest, ein Gas aus deiner Nase strömt, das man Kohlendioxid nennt? In kleinen Mengen ist es ungefährlich, aber zu viel davon ist tödlich. Im Raumschiff sind Filter installiert, die das Gas beseitigen.

Warum steigt dann der Kohlendioxidgehalt? Der Filter im LM kann die Luft nur für zwei Leute reinigen ... nicht für drei! Und mehr Filter gibt es nicht.

Es wird nicht lange dauern und dir und deiner Crew wird schwindlig werden. Drei Stunden später werdet ihr ... na ja, dann wird euch wohl mein Freund Amicus besuchen müssen.

Geh zur nächsten Seite.

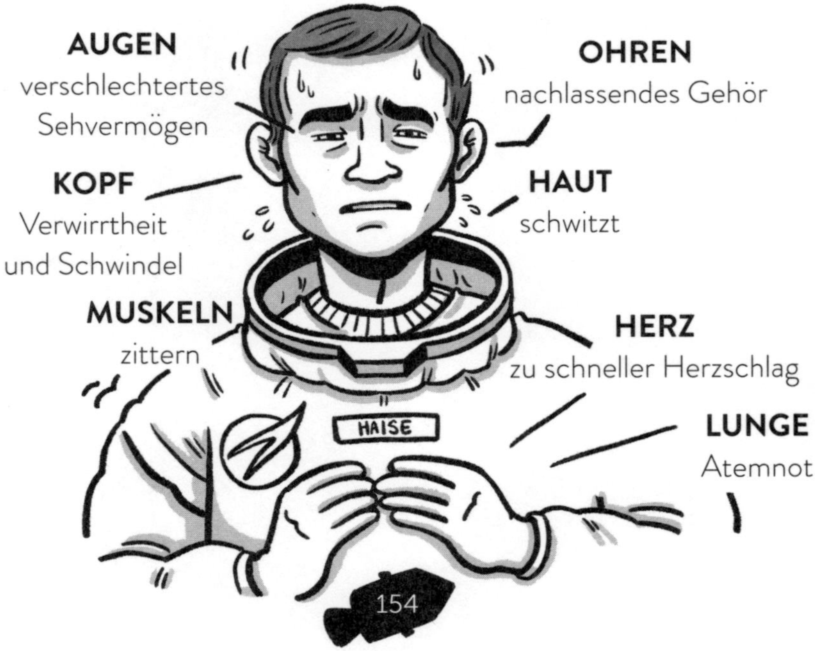

H	Z	U	R	K	N	N
A	A	E	C	O	H	L
U	O	S	T	P	A	E
T	E	H	N	F	U	K
S	E	I	R	T	G	S
L	U	N	G	E	E	U
Z	R	E	H	E	N	M

Oh! Ich sage dir nur sehr ungern, welche Symptome du bald haben wirst! Deshalb zeige ich es dir einfach. Streiche im Worträtsel die **FETT GEDRUCKTEN** Wörter aus der Erklärung der sieben Symptome des Astronauten auf Seite 154 durch.
Schreibe die übrig gebliebenen Buchstaben in der richtigen Reihenfolge in die Lücken.
Sie werden dir sagen, was du als Nächstes tun sollst!

__ __ __

__ __ __ __ __ __ __ __ __

__ __ __ __ __ .

Brauchst du Hilfe?
Blättere zu Seite 190.

„Houston, ich habe eine Idee“, sagst du. „Haben wir hier oben etwas, womit wir einen Filter basteln können? Dann könnten wir das Kohlendioxid aus der Luft filtern.“

„Ja!“, antwortet das Kontrollzentrum. „Wir hatten den gleichen Gedanken. Unser Team hat alle 445 Ausrüstungsteile im Schiff untersucht und wir haben eine Möglichkeit gefunden, einen Filter zu bauen. Dazu sind nur fünf Gegenstände notwendig. Aber es muss SCHNELL gehen!“

Auf Seite 157 stehen die Namen von fünf Gegenständen, die du finden musst. Zeichne jedes Teil neben seinen Namen, wenn du es im Bild unten gefunden hast. Die Schere ist einfach – ich habe sie schon mal für dich eingekreist und gezeichnet –, aber der Rest der Liste ist ganz schön schwierig.

Die Crew von Apollo 13 hat diese Gegenstände gefunden! Schaffst du das auch? Wenn du Hilfe brauchst, reiße das Papier entlang der gestrichelten Linien ein und klappe die Lasche neben dem Namen des Gegenstands um. Wenn du alle Teile gefunden hast, reiße das Papier hier entlang der gestrichelten Linien ein und klappe diese Lasche um.

Schere

Karton

Plastiktüte

Klebeband

Schlauch

Blättere zu Seite 174.

Ups! Mir fallen nur zwei Dinge ein, die ich dir jetzt sagen kann. Erstens, du hast die Fallschirme nicht entwirrt. Und zweitens …

BUMM!

ENDE

Beurteile ein Buch nie nach seinem Einband … aus Karton. Das Bedienungshandbuch des LM hat einen Einband aus Karton.

In der Plastiktüte ist die lange Unterwäsche, die du auf dem Mond tragen solltest.

Klebeband ist auf jedem Raumflug dabei. Sieh im offenen Schrank nach.

Siehst du den Raumanzug? Er hat einen Schlauch, der im Moment nicht gebraucht wird.

Was für eine tolle Tankstelle! Leider wird es noch ein paar Jahrzehnte dauern, bis sie gebaut werden kann. Und so lange kannst du mit Sicherheit nicht warten. Du solltest besser mit dem Kontrollzentrum zusammenarbeiten, um das Problem zu lösen.

„Einer der Sauerstofftanks im Servicemodul ist explodiert", erklärt Houston. „Der Sauerstoff reicht bis zur Rückkehr zur Erde, aber nur, wenn sparsam damit umgegangen wird. Sonst ..."

Hm. Ich war noch nie sehr gut darin, die Luft anzuhalten.
Was wirst du als Nächstes tun?

Nach draußen klettern, um das Problem zu lösen?
Blättere zu Seite 39.

In das Landemodul wechseln?
Geh zu Seite 162.

„Verstanden“, sagt Alex, als er deine Nachricht erhält. „Wir führen einen Neustart des Computers durch.“

Wenige Sekunden später blinken die Warnlichter nicht mehr und – *uff!!* – der Flugsteuerungscomputer arbeitet wieder ordnungsgemäß. Die Rakete steigt weiter nach oben! Gut gemacht! Aber du hast keine Zeit zum Feiern. Bis zum Mond sind es noch über 320.000 Kilometer.

Der Rest des Flugplans kann etwas *verwirrend* sein, um es milde auszudrücken. Du musst die verschiedenen Phasen des Raumflugs kennen und wissen, wie sie zusammenpassen.

Viel Glück! Blättere zu Seite 40!

Du meine Güte! Das war sehr kindisch von DIR. Ich bin erschüttert darüber, dass sich der Kommandant eines Raumschiffs so etwas ausdenkt. Zutiefst erschüttert!

Du wirst bald hinter dem Mond hervorkommen und dann willst du unbedingt ein Foto von der Aussicht schießen. Schnell! Hol eine Kamera!

Oh, es sieht so aus, als würde die Kamera, die von der NASA an Bord des Schiffs gebracht wurde, bereits von Fred benutzt werden.

Da trifft es sich gut, dass die NASA es jedem Astronauten erlaubt, einen kleinen Stoffbeutel mit persönlichen Gegenständen auf den Flug mitzunehmen, zum Beispiel Familienfotos oder einen Glücksbringer. Hast du in deinem Beutel eine eigene Kamera dabei?

Welche zwei Dinge würdest du in den Beutel für deine persönlichen Gegenstände legen? Zeichne sie hier hin und klappe dann die Lasche um.

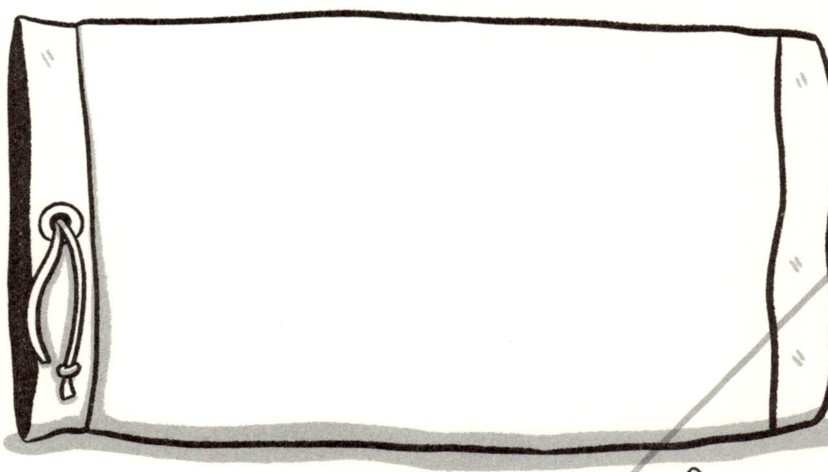

Hier falten

Ja! Schiffe auf dem Meer haben Rettungsboote für die Passagiere. Warum sollte ein Schiff im Weltraum nicht auch ein Rettungsboot haben?

Eigentlich sollte das Landemodul erst nach der Landung auf dem Mond zum Einsatz kommen. Aber jetzt kannst du daraus so eine Art Rettungsboot machen! Wenn ihr drei die Reise in dem kleineren Landemodul fortsetzt, könnt ihr Treibstoff und Sauerstoff sparen. Die Crew von Apollo 13 hat das Gleiche getan!

Das Handy, das du vielleicht in der Tasche hast, hat Millionen Mal mehr Rechenleistung als der Computer des Apollo-Flugs.

Bevor du das Kommandomodul verlässt, musst du alle Systeme abschalten, damit du die Reserven später noch nutzen kannst. Und das bedeutet, dass du auch den Computer herunterfahren musst.

In dem Fall wird er jedoch so ziemlich alles vergessen. Deshalb musst du den Computer des Landemoduls vorher mit allen Informationen füttern, die auf dem Computer des Kommandomoduls waren.

Kannst du gut programmieren? Beweise es!
1. Vervollständige die Zeichnung des Roboters.
2. Dann verschiebe ihn entsprechend der Programmanweisungen.
3. Auf welcher Zahl bist du gelandet?
Schreibe die Zahl in die Lücke.

Geh zu Seite ________.

CODE:

□ □ ◎ ◖

CODE-SCHLÜSSEL

□ = 1 nach oben

◖ = 2 nach unten

◈ = 2 nach links

◎ = 2 nach rechts

Hast du eine Kamera gezeichnet?
Nein? Geh zurück und stecke sie in deinen Beutel!
Ja? Blättere zu Seite 141.

142	150	142
150	142	150
142	150	142
	142	150

START

Nach deinem Nickerchen wirst du die Nachricht des Kontrollzentrums vermutlich verkraften können.

„Das Schiff ist so schwer beschädigt, dass ein Landeversuch auf dem Mond unmöglich ist", erklärt Houston. „Es tut uns allen sehr leid hier auf der Erde. Ihr werdet keinen Fuß auf den Mond setzen können."

Oh! Du versuchst, es zu begreifen. Das viele Training, die jahrelange Vorbereitung. Alles umsonst. Es fällt dir schwer zu akzeptieren, dass die Mondlandung nicht stattfinden wird – aber du musst auch noch herausfinden, wie du wieder nach Hause kommst! Bevor du weitermachst, solltest du diese schrecklichen Gefühle unter Kontrolle bekommen.

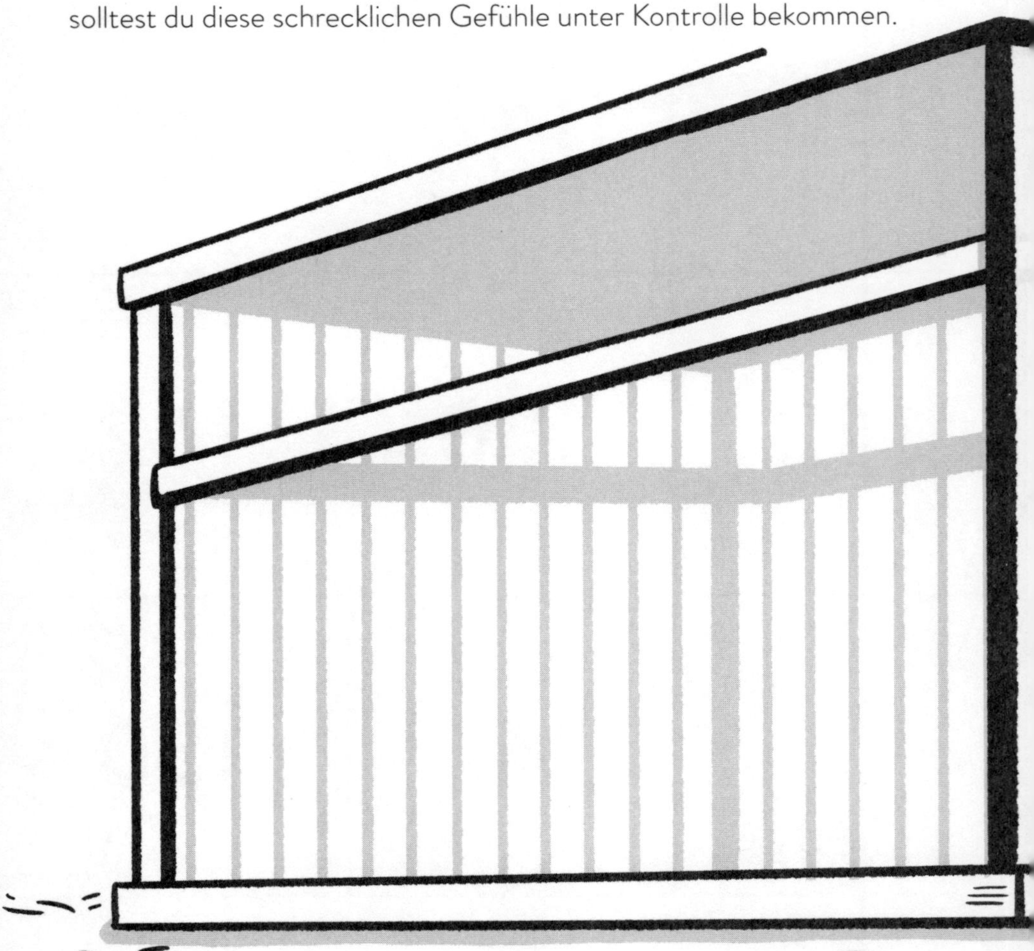

Zeichne hier ein Schreckliche-Gefühle-Monster hin und sperre es in den Käfig, damit du dich vor deiner Enttäuschung verstecken kannst!
Wenn du fertig bist, reiße das Papier entlang der gestrichelten Linie ein, klappe die Lasche um und folge den Anweisungen.

Hm. Die einzige Verbesserung scheint zu sein, dass wir jetzt senkrecht nach unten hängen!

ENDE

Überraschung! Du kannst dich vor deinen Gefühlen nicht verstecken. Oder vor GROSSEN Entscheidungen wie dieser hier. Du musst eine Wahl treffen. Ich empfehle dir nachdrücklich, zu meinen Akten hinten im Buch zu blättern. Improvisieren kannst du natürlich auch. So oder so, ich wünsche dir viel Glück!

Willst du abbrechen und gleich nach Hause fliegen?
Geh zu Seite 128.

Oder setzt du die Reise zum Mond fort?
Blättere zu Seite 98.

Beim Eintritt deiner Kapsel in die Erdatmosphäre entsteht eine MENGE Hitze. Du drehst das Schiff so, dass die Hitzeschilde den größten Teil der Reibung abbekommen. Du bist 120.000 Meter über der Erdoberfläche und so schnell, dass die Außenseite der Kapsel in Flammen aufgeht.

Du bist ein Meteor, der auf die Erde zurast.

Die Atmosphäre hat dich abgebremst – aber du bewegst dich immer noch mit fast 500 Stundenkilometern nach unten. Wenn du mit dieser Geschwindigkeit auf dem Meer aufkommst, wird das fast fünf Tonnen schwere Kommandomodul in tausend Stücke gerissen.

Es wird Zeit, die Fallschirme auszulösen! Ups. Sie haben sich verheddert!

Welche Linie führt zu den Fallschirmen? Folge ihr – und dann den Anweisungen!

Du hast dir eine Stelle zum Landen ausgesucht und das LM fällt immer noch so schnell nach unten, wie ein Fahrstuhl nach oben fährt. Du musst der Oberfläche schon sehr nah sein – aber du bist dir nicht sicher. Der Triebwerksstrahl wirbelt Mondstaub auf, der die Sicht erschwert.

„Der Treibstoff reicht noch für zehn Sekunden“, gibt das Kontrollzentrum über Funk durch. „Wenn die Landung nicht bald möglich ist, muss sie abgebrochen werden.“

Diese Nachricht hat das Kontrollzentrum auch an Neil Armstrong und Buzz Aldrin auf dem Flug von Apollo 11 geschickt!

Du hast nicht mehr viel Zeit. Dein Blick wandert zur Steuerkonsole, auf der eine blaue Warnlampe zu blinken beginnt.

Alan sieht die Lampe auch. Er starrt dich mit weit aufgerissenen Augen an.

Oh! Ich kann ihn gar nicht ansehen!
Zeichne Mund, Nase und Augenbrauen in sein Gesicht auf Seite 169.

Sieht er glücklich und aufgeregt aus?
Geh zu Seite 103.

Oder ängstlich und besorgt?
Blättere zu Seite 100.

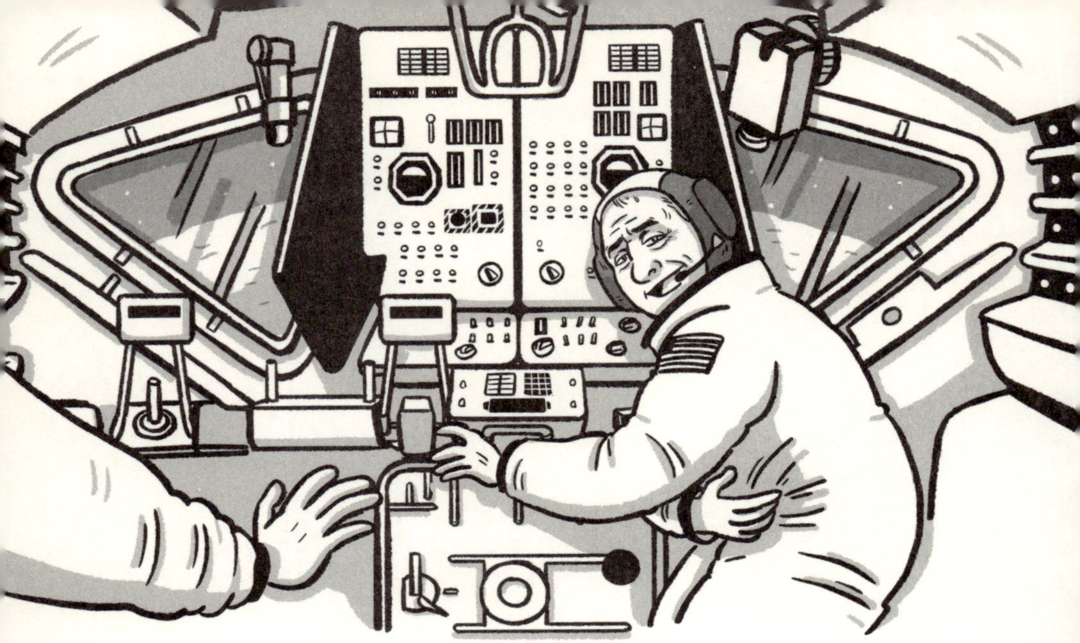

Gut gemacht! Du fährst zum Landemodul zurück.

Du springst vom Mondauto, kletterst an Bord und legst hastig Rucksack, Handschuhe und Helm ab. Der arme Alan krümmt sich vor Schmerzen und ist sehr geschwächt.

„Wir werden jetzt starten und dich im CSM medizinisch versorgen“, sagst du zu ihm. „Du brauchst dir keine Sorgen zu machen.“

„Warum sollte ich mir Sorgen machen?“, scherzt Alan mit leiser Stimme.

In dem Moment meldet sich das Kontrollzentrum in Houston. „Der Schalter für die Scharfschaltung des Triebwerks ist offen. Das bedeutet, dass das Triebwerk nicht gezündet werden kann. Was ist bei euch los?“

Ähm, wie soll ich dir diese SEHR schlechten Neuigkeiten beibringen? Als du in das LM geklettert bist, muss der Rucksack an deinem Anzug gegen die Steuerkonsole geknallt sein und etwas abgebrochen haben.

Und dieses Etwas ist der Schalter, mit dem das Triebwerk gestartet wird.

Wenn du das Triebwerk nicht zünden kannst, werdet du und Alan den Mond niemals verlassen können.

„Hast du nicht gesagt, ich brauche mir keine Sorgen zu machen?“, fragt Alan. Aber dieses Mal sieht er viel ernster aus.

Geh zu Seite 123.

Oh Mann. Das ist ja wie im Film. Die Gegend hier ist extrem unbeliebt!
Beim Flug um den Mond herum ist es viiiiiel zu ruhig. Du kommst dir vor, als wärst du in einer Bibliothek aus Kissen!

Den zwei anderen Crewmitgliedern geht es genauso. Die Stille ist wirklich nervtötend. „Lasst uns etwas essen!“, schlägt Jack schließlich vor.

Die Astronauten sollen pro Tag 2.800 Kalorien zu sich nehmen.

Gute Idee! Es ist zwar einiges los, essen müsst ihr aber trotzdem.

Du öffnest einen Schrank und holst einen Plastikbeutel mit Rindfleisch und Gemüse heraus. Damit dein Essen nicht aufgrund von Bakterien verdirbt, ist alles gefriergetrocknet. Das bedeutet, dass den Lebensmitteln das Wasser entzogen wurde, bevor sie in Plastikbeutel eingeschweißt wurden.

Befestige den Beutel mit Klettband an deinem Anzug, damit er bei der geringen Schwerkraft nicht davonschwebt. Nimm die Wasserpistole von der Wand und stecke sie in das Ventil am Beutel, um Wasser hinzuzufügen. Und jetzt drücke auf den Beutel und befördere das Essen durch den Schlauch in deinen Mund.

Igitt! Gibt es denn keine Pizzeria an Bord?

Das Wasser lässt das Essen im Beutel suppig werden. Hm. Weißt du, wofür sich dieser schlabbrige Schleim ganz hervorragend eignen würde? Kannst du es erraten?

Die Antwort besteht aus einem einzigen Wort. Klappe die Lasche um. Dann blättere zur nächsten Seite.

Start frei für die ultimative Essensschlacht im Weltraum!

So wird gespielt: Wirf eine Münze, wenn du an der Reihe bist.

Zeigt die Münze **KOPF**, bespritzt dich Jack oder Fred mit Hüttenkäse oder Thunfisch. Wenn er einen Treffer landet, streichst du eine Blase über deinem Kopf durch.

Bei **ZAHL** bist du an der Reihe! Spritze dein Rindfleisch mit Gemüse auf Fred oder Jack. Streiche eine Blase über dem Kopf des Astronauten, den du getroffen hast, durch.

Wenn alle drei Blasen über dem Kopf eines Spielers durchgestrichen sind, ist das Spiel vorbei. Wenn deine drei Blasen vor denen von Jack oder Fred zerplatzen, darfst du es noch einmal versuchen!

Wenn alle Blasen von Jack oder Fred geplatzt sind, blättere zu Seite 161.

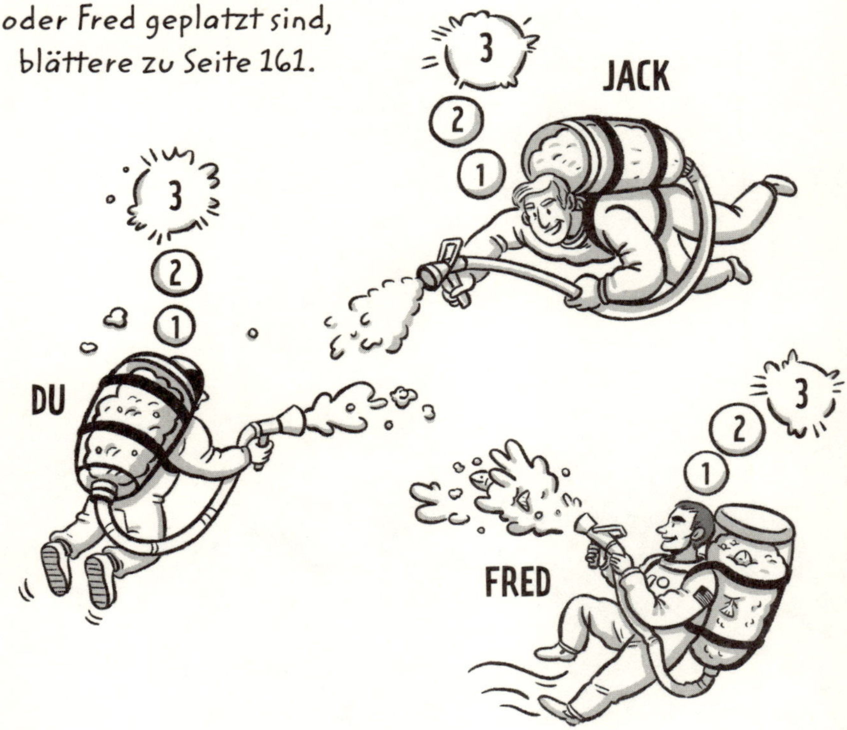

Genial! Mit dem neuen Filter kann ich schon viel leichter atmen.

Während du den Filter gebaut hast, ist das Schiff durch das Weltall gerast. Bis zur Erde sind es nur noch 70 Minuten. Sie ist schon so nah! Aber ich mache mir immer noch Sorgen darüber, dass dir der Sauerstoff ausgehen könnte.

Da du im Kommandomodul so viel Strom wie möglich sparen willst, bleibt ihr bis zum letzten Moment im Landemodul.

„Wir können nicht länger warten“, sagst du zu Jack und Fred. Dann klettert ihr in das Kommandomodul hinüber. Nachdem Jack die Luke geschlossen hat, die das CM mit dem LM verbindet, koppelst du das Kommandomodul ab.

Das LM schwebt davon. Es wird beim Eintritt in die Erdatmosphäre verglühen.

Findest du nicht auch, dass das LM eine
Abschiedsparty verdient hat?
Zeichne sie hier hin.
Dann blättere zu Seite 140.

Gut gemacht! Du folgst den Anweisungen des Kontrollzentrums und brauchst ungefähr eine Stunde, um alles zusammenzusetzen.

Der Karton verstärkt die Plastiktüte und bildet eine Art Kasten. Der Schlauch wird daran befestigt. Das Klebeband, das du mit der Schere in Stücke schneidest, sorgt dafür, dass der behelfsmäßige Filter dicht ist.

Wenn du Hilfe brauchst, blättere zu Seite 190.

Setze die Puzzleteile zusammen.
Wenn du fertig bist, folge den Anweisungen!
Dein neuer Filter soll so aussehen wie der Filter, den die Crew von Apollo 13 gebaut hat:

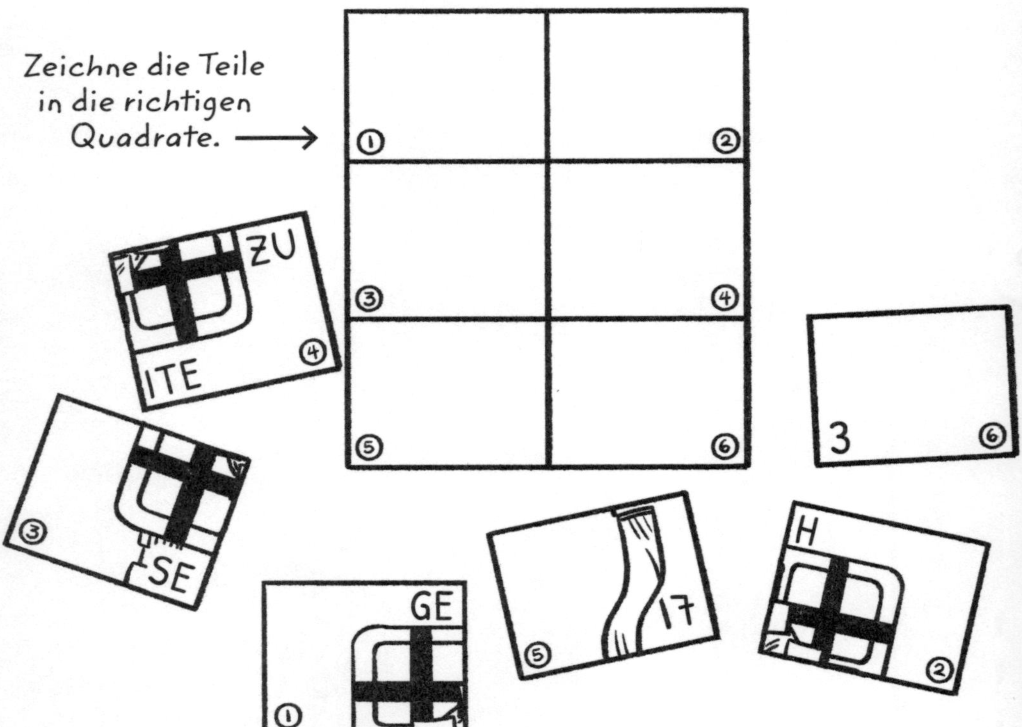

Bravo! Du hast die Geschwindigkeit auf angenehme 32 Stundenkilometer verringert und ihr landet sanft im Südpazifik.

Aaah! Nach einer langen Reise gibt es nichts Schöneres als ein Bad im Meer.

Bei deiner Reise durch den Weltraum hast du in sechs Tagen 870.819 Kilometer zurückgelegt, aber dein Abenteuer ist noch nicht vorbei! Du musst die Kapsel noch verlassen!

Ähm, was ist hier los? Hat sich auf der Erde alles umgedreht, während du weg warst?

Oh! Stimmt. Bei etwa der Hälfte aller Apollo-Raumflüge hat sich die Kapsel nach der Wasserung herumgerollt – und die Astronauten hingen mit dem Kopf nach unten in ihren Sicherheitsgurten.

Zum Glück ist die Kapsel mit aufblasbaren Ballons ausgerüstet, die sie wieder in die richtige Lage bringen können!

Wenn du die Ballons an der Kapsel anbringen müsstest – wo würdest du sie festmachen?

Hier?
Reiße das Papier entlang der gestrichelten Linien ein und klappe die Lasche um.

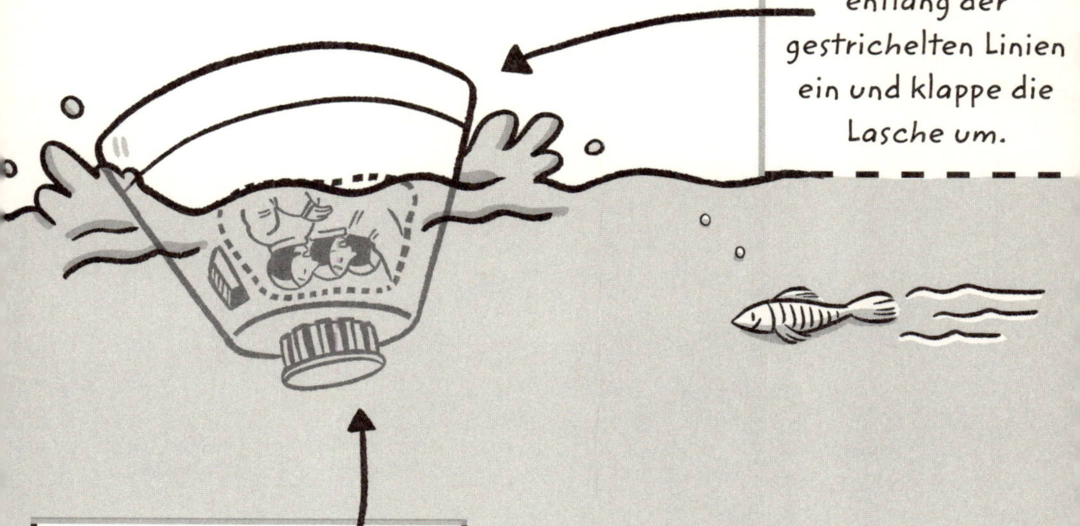

Oder hier?
Reiße das Papier entlang der gestrichelten Linien ein und klappe die Lasche um.

66
Blättere zu Seite 166.
Geh zu Seite 177.

„Da kommt die Bergungsmannschaft!" Jack deutet aus dem Fenster. Du kannst etwas am Himmel sehen, das auf euch zufliegt.

Es ist ein Hubschrauber der US-Marine vom Bergungsschiff in der Nähe!

Der Hubschrauber geht tiefer, Kampfschwimmer der Marine lassen sich ins Wasser fallen. Sie befestigen einen „Schwimmkragen" an der Außenseite des Kommandomoduls. Er soll verhindern, dass Wasser ins Innere gelangt, wenn die Luke geöffnet wird. Einer der Schwimmer klettert auf den Kragen und schlägt mit der Hand an die Luke. *Klopf-klopf.*

„Wer ist da?", fragt Fred. Ihr brecht alle in schallendes Gelächter aus.

Als der Schwimmer die Luke öffnet, strömt frische Luft herein. Nachdem du sechs Tage mit zwei Leuten in einer winzigen Kapsel verbracht hast ... Aaaaah! Du hast noch nie so etwas Gutes gerochen.

Oder vielleicht doch! Zeichne es auf Seite 176.
Wenn du fertig bist, blättere um.

Gut gemacht! Du bist entkommen! Weltweit finden dir zu Ehren Paraden statt.

Hier kannst du festhalten, in welcher der drei Rollen du entkommen bist. Zeichne dich selbst in das Bild. Denke dir auch ein Abzeichen für deine Mission aus (z. B. eine Rakete oder ein Mondauto) und füge jedes Mal, wenn du entkommen bist, einen Teil hinzu.

Zeichne dich hier als Kommandanten.

Zeichne dich hier als Mondautofahrer.

WILLKOMMEN DAHEIM, ASTRONAUTEN
Zeichne dich hier als Flugleiter.
Ich habe eine ganz besondere Nachricht ... aber nur für jemanden, der das Talent zum Entfesselungskünstler hat!
Geh zurück zu Seite 13 und versuche es mit einem anderen Weg.
Wenn du ALLE DREI Wege gegangen bist, blättere zu Seite 180.

Herzlichen Glückwunsch!

Das hast du gut gemacht. Ich werde dich bald zu meinem Assistenten ernennen und vielleicht – vielleicht! – wird eines Tages auch ein Entfesselungskünstler aus dir.

Und jetzt werde ich dir wie versprochen etwas mehr über mich erzählen. Ich weiß, es ist schwer zu glauben, weil du ja weißt, wie geschickt ich bin. Aber zurzeit bin ich in einem Raum eingesperrt … und kann nicht hinaus. Deshalb brauche ich einen Assistenten.

Wenn du dich in meinen Abenteuern auch weiterhin als fähiger Entfesselungskünstler-Lehrling erweist, werden wir uns eines Tages kennenlernen.

Evolo Cherishwise
Meister-Entfesselungskünstler

ENTFESSELUNGS-AKTEN

TICKTACK-MAGAZIN

Was kannst du im Bruchteil einer Sekunde tun?

Die erste Stufe der Saturn-V-Rakete verbrannte in einer Zehntelsekunde eine Menge Treibstoff. Wie viel? Etwa zehnmal so viel wie Charles Lindberghs Flugzeug verbraucht hat, als er damit 1927 als erster Pilot im Alleinflug den Atlantik überquert hat, nämlich ungefähr 18 Tonnen pro Sekunde!

Vom Meister-Entfesselungskünstler

Ich sage es ja nicht gerne, aber in den Sechziger- und Siebzigerjahren hat die NASA nicht viele Frauen eingestellt. Zu Zeiten der Apollo-Flüge waren mindestens 95 Prozent der Mitarbeiter bei der NASA Männer. Ja, bei der NASA haben ganz tolle Frauen gearbeitet, zum Beispiel JoAnn Morgan – die einzige Frau im Kontrollzentrum während des Apollo-11-Flugs – und Poppy Northcutt – eine Ingenieurin, die mitgeholfen hat, die Crew von Apollo 13 nach einer Explosion an Bord des Schiffs wieder zur Erde zu bringen. Aber es ist sehr unwahrscheinlich, dass Lynette (eine Figur, die ich erfunden habe!) damals Simulationen durchgeführt hätte. Erst Jahre später hat die NASA angefangen, mehr Frauen einzustellen.

Um dein Abenteuer noch ein bisschen aufregender zu machen, habe ich verschiedene Jobs im Kontrollzentrum der Apollo-Raumflüge in vier Hauptkategorien zusammengefasst. Zum Beispiel habe ich den **Booster-Systemingenieur** und den für **Triebwerkszündungen zuständigen Ingenieur** unter der Bezeichnung **Raketen-Controller** zusammengefasst. Und den für **Elektrik, Kabinendruck und Kommunikation zuständigen Ingenieur (EECOM)** habe ich beim **Systemtest** untergebracht. So habe ich viel mehr Spielraum, dir Aufgaben zu stellen!

Kurzinfo!

Die Schwerkraft auf dem Mond beträgt nur ein Sechstel von der auf der Erde – alles und jeder ist dort viel leichter!

Rohrpostfan ☆☆☆☆☆

REPARATURSERVICE FÜR ROHRPOSTSYSTEME

Rohrpostsysteme sind keine Erfindung der Neuzeit – in Geschäften und Banken wurden sie bereits im 19. Jahrhundert benutzt –, aber wir können dafür sorgen, dass das bei Ihnen installierte System wie ein *neues* funktioniert! Fragen Sie einfach die NASA! Wir haben dafür gesorgt, dass eine Nachricht dort in durchschnittlich 45 Sekunden von einer Person zur anderen übermittelt werden kann!

ZU VERKAUFEN:

GEBRAUCHTE HUMANZENTRIFUGE

Unter der Bezeichnung „Folterkammer" mehrere Jahrzehnte bei der NASA im Einsatz gewesen. Wurde benutzt, um Astronauten im Kreis herumzuwirbeln, die Wirkung von Fliehkräften – die Kräfte, die auf den menschlichen Körper wirken, wenn er sich sehr schnell bewegt – zu untersuchen und die Männer auf einen Raumflug vorzubereiten. Sonderangebot! OHNE Lieferung.

Diese Maschine hat die Astronauten auf die unglaublichen Kräfte vorbereitet, die beim Start der Rakete auf sie einwirken. Den Männern ist in der Zentrifuge schwindlig und schlecht geworden – aber vielleicht ist sie ein interessantes Geburtstagsgeschenk für einen Freund!

Verstärkung gesucht!

Träumen Sie davon, Flugarzt bei der NASA zu werden? Das ist Ihre Chance! Sie müssen nur ein Medizinstudium absolviert haben und bereit sein, nach dem Raumflug der Apollo-Crew 21 Tage mit den Astronauten in Quarantäne zu verbringen – um sicher zu sein, dass sie keinen Mondstaubschnupfen haben!

Medaillen-Magazin

Willst du von der NASA eine Medaille für besondere Leistungen bekommen? Dann musst du so etwas tun wie der Informatiker Jack Garman! Kurz vor dem Start von Apollo 11 hat er sich alle Alarmcodes aufgeschrieben, die der Computer des Landemoduls ausgeben könnte – und wie die NASA am besten darauf reagieren sollte. Als der Code 1202 auf seinem Bildschirm angezeigt wurde und eine schnelle Entscheidung getroffen werden musste, brauchte Jack nur einen Blick auf seine Liste zu werfen. Er wusste sofort, dass der Flug fortgesetzt werden konnte. Die Medaille von der NASA hat er für seine schnelle Reaktion bekommen und dafür, dass er die Mission NICHT abgebrochen hat.

KLEIDERPANNE!

1963 hörten die Astronauten auf, den Urinsammelbehälter der NASA zu verwenden, denn der Astronaut Gordon Cooper entdeckte eine Schwachstelle des Beutels, als sein Mercury-Testflug fehlschlug. Gegen Ende seines 34-stündigen Flugs fielen nacheinander verschiedene Systeme in seinem Ein-Personen-Raumschiff aus – ohne ersichtlichen Grund. Zum Glück gelangen ihm der Wiedereintritt in die Erdatmosphäre und eine sichere Landung mittels manueller Steuerung, aber es war knapp. Als das Schiff wieder auf der Erde war, fand die NASA den Grund für die vielen Probleme heraus: Gordons Urinbeutel war undicht, sodass Urintropfen in die Verkabelung gelangen konnten!

KANN ICH SIE ZITIEREN?

In einem berühmten Film sagt ein Schauspieler, der einen Astronauten auf dem Flug von Apollo 13 spielt: »Houston, wir haben ein Problem.« In Wirklichkeit sagte Astronaut James Lovell: »Houston, wir hatten ein Problem.« Erkennst du den Unterschied?

beharrlich ***(Adjektiv)*****:** mit etwas trotz Schwierigkeiten fortfahren, nicht aufgeben, nicht locker lassen.

BEISPIEL: *Stu Roosa, der Pilot des Kommandomoduls auf dem Flug von Apollo 14, war beharrlich. Bei dem Versuch, das CM mit dem LM zu koppeln, gelang es Stu nicht, den Fangtrichter mit der Sonde zu verbinden – das Kommandoschiff und das Landemodul prallten immer wieder voneinander ab. Er versuchte es mit einem schnelleren Anflug, dann mit einem langsameren … doch nichts schien zu funktionieren. Aber er gab nicht auf und nach fast zwei Stunden gelang die Kopplung! (Die NASA vermutete später, dass kleine Ruß- oder Schmutzteilchen das Andocken erschwert hatten.)*

NASA-Fachjargon-Kurse

Alle deine Freunde wissen, wie man bei der NASA redet, nur du nicht? Das muss nicht sein! Jetzt kannst auch du zu den coolen Leuten gehören!

Lerne die Abkürzungen, zum Beispiel …

CM: Kommandomodul
CSM: Kommando-Service-Modul
LM: Landemodul
S/C: Spacecraft (englisch für Raumschiff)
EVA: Extravehicular Activity (alles, was Astronauten außerhalb des Raumschiffs tun)

Am 21. Juli 1969 führten Neil Armstrong und Buzz Aldrin die erste EVA auf der Mondoberfläche durch – einen Mondspaziergang!

Ein kleiner Stift, eine große Lösung

Beim Flug von Apollo 11 bereiteten sich Neil Armstrong und Buzz Aldrin nach ihrem erfolgreich verlaufenen Außenbordeinsatz darauf vor, den Mond wieder zu verlassen. Buzz machte sich gerade Notizen, als ihm auffiel, dass entweder er oder Neil gegen die Steuerkonsole des LM geprallt sein musste – der Schalter zum Scharfstellen des Triebwerks für den Aufstieg war abgebrochen! Es bestand die Gefahr, für immer auf dem Mond bleiben zu müssen! Aber Buzz geriet nicht in Panik. Er begriff sofort, dass er die Lösung für ihr Problem in der Hand hielt, und benutzte den Stift zum Umlegen des Schalters.

Magazin für Infografik

Auf den Flügen zum Mond verhedderten sich die Leinen der Fallschirme kein einziges Mal, doch bei Apollo 15 kam es zum Ausfall eines Hauptschirms.

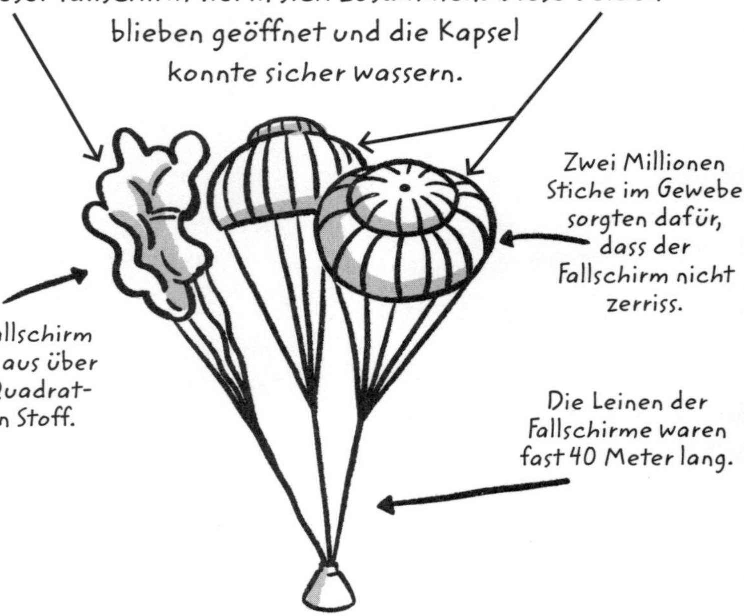

Das Zusammenfalten dieser gigantischen Fallschirme erforderte besondere Sorgfalt und dauerte eine ganze Woche.

GEWICHTIGE TATSACHEN!*

Hast du das gewusst?
Ein Menschenbaby wiegt etwa 3,5 Kilo.
Ein Elefantenbaby wiegt etwa 90 Kilo.
Ein Blauwalbaby wiegt etwa 2.700 Kilo.

***Zeichnungen nicht maßstabsgerecht.**

Nicht ohne meine Unterhose ...

Bei einem Trainingsflug der NASA mussten alle Crewmitglieder ihre Unterwäsche ausziehen. Warum? Die Unterwäsche stieß Lithiumfluorid aus – ein giftiges Gas!

Wer hat was mitgenommen?

Beim Flug von Apollo 11 nahm Michael Collins drei Flaggen im Beutel für persönliche Gegenstände mit: die der Vereinigten Staaten von Amerika, die des District of Columbia und die der US Air Force.

EIN BLITZ SCHLÄGT NIE ZWEIMAL AN DER SELBEN STELLE EIN

Die Saturn-V-Rakete für den Flug von Apollo 12 wurde zweimal vom Blitz getroffen – einmal 36 Sekunden nach dem Start und ein zweites Mal 52 Sekunden nach dem Start. Einige Systeme des Raumschiffs wurden beschädigt, die Mission wurde jedoch nicht abgebrochen.

EVA steht für „Extravehicular Activity".

Lieber EVA-Profi, ????

ich befinde mich gerade auf einem Apollo-Raumflug. Kann ich das Schiff verlassen, während wir im Weltraum sind?

Gezeichnet
Apollo-Frischling

LIEBER APOLLO-FRISCHLING,

aber natürlich! Du solltest jedoch wissen, dass es der anstrengendste Spaziergang deines Lebens werden wird! Du brauchst nur den Astronauten Gene Cernan zu fragen. Er versuchte, während einer Gemini-Mission sein Raumschiff zu verlassen – das war noch vor den Apollo-Raumflügen. Genes Herz schlug zu schnell, sein angestrengtes Keuchen ließ den Helm beschlagen und er hatte große Schwierigkeiten, wieder in das Schiff zu gelangen! Daher würde ich dir empfehlen, im Raumschiff zu bleiben und Spaziergänge auf den Mond zu beschränken!

Mit freundlichen Grüßen
EVA-Profi

MENSCHEN GEGEN COMPUTER

Während des Flugs von Apollo 11 spielte der Computer des Landemoduls verrückt. Neil Armstrong übernahm die Steuerung, während Buzz Aldrin den Treibstoffstand und die Höhe ansagte. Neil flog über einen riesigen Krater und ein Feld mit Felsbrocken, um einen sicheren Landeplatz zu finden.

Vogelzitat-Sammler

Ich werde oft gefragt: „Was ist ihr Lieblingsvogelzitat?" Die Antwort ist ganz einfach! Als Neil Armstrong mit dem Landemodul sicher auf der Mondoberfläche gelandet war, verkündete er: „Der *Adler* ist gelandet."

MONDLANDUNG LIVE

Wenn Neil Armstrong von der Besatzung der Apollo 11 den Mond betritt, wird das mit Sicherheit der TV-Höhepunkt des Jahrhunderts werden! Sie haben keinen Fernseher? So können Sie die Mondlandung trotzdem live verfolgen: bei einem Freund, in einem Flughafen oder in einem Elektrogeschäft!

Das Kaufhaus *Sears* stellte sämtliche Fernsehgeräte in seiner Elektroabteilung auf die Mondlandung ein, damit die Kunden das historische Ereignis verfolgen konnten!

HELDINNEN DER NASA

Bevor elektronische Computer Berechnungen blitzschnell durchführen konnten, arbeiteten „menschliche Computer“ – die Mathematiker der NASA – Stunden, Tage oder Wochen an einer einzigen Berechnung, um sicherzustellen, dass die Zahlen stimmten. Ihre Ergebnisse wurden für Flugrouten, Weltraummanöver und andere Aktivitäten der Apollo-Raumflüge gebraucht. Es ging um nichts Geringeres als das Leben der Astronauten. Zu den menschlichen Computern gehörten auch diese drei Frauen, die nicht immer die Anerkennung bekamen, die sie für ihre Intelligenz, ihren Einfallsreichtum und ihre Leistungen bei der Erforschung des Weltraums verdient hätten.

KATHERINE JOHNSON

DOROTHY VAUGHAN

MARY JACKSON

DIE GROSSE FRAGE

Du bist beim Flug von Apollo 13 dabei. Auf halber Strecke zum Mond ereignet sich eine Explosion im CSM und das Kontrollzentrum in Houston teilt dir mit, dass eine Landung auf dem Mond nicht möglich ist. Was tust du?

- ☐ Umdrehen und nach Hause fliegen?
- ☑ Zum Mond weiterfliegen?

Das Team von Apollo 13 kehrte nicht zur Erde zurück, sondern flog zum Mond weiter.

WEITERFÜHRENDES MATERIAL

Diese Quellen hat der Meister-Entfesselungskünstler bei der Entwicklung dieses Abenteuers benutzt:

Graham, Ian. *Raumfahrt*. Dorling Kindersley, 2008.

Wissen. Weltall. Das Universum in spektakulären Bildern. Dorling Kindersley, 2016.

Mission Control at NASA Johnson Space Center: History and Restoration
YouTube Video, www.youtube.com/watch?v=v8aWXJeh9R4.

LÖSUNGEN

S. 14: Rätselsatz: A ZU B
S. 21: Geh zu Seite DREISSIG.
S. 41: Geh zu Seite DreiundVIERZIG.

S. 79: Blättere zu Seite 81.

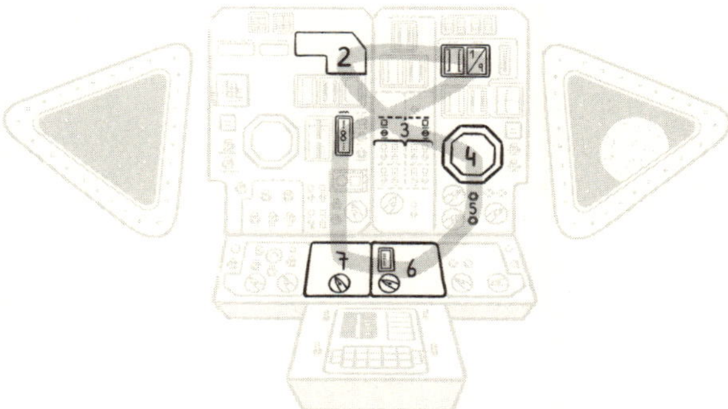

S. 89: Blättere zu Seite 92.
S. 98: Geh zu Seite 122.
S. 113: Blättere zu Seite 97.
S. 120: GEH ZU SEITE 170.

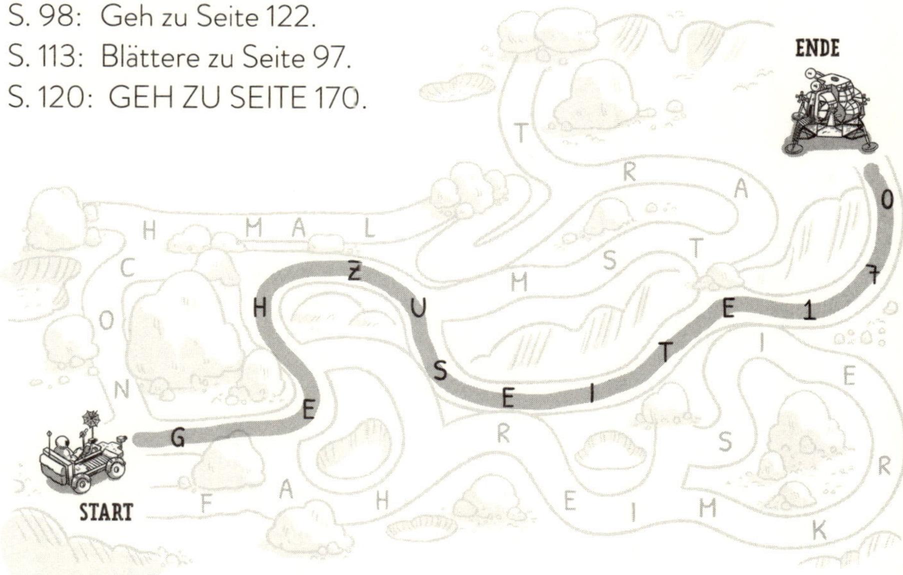

S. 125: Die richtige Antwort ist 20.

6 + 9 + 5 = 20

S. 127: Auf den Flügeln des Flugzeugs steht: GEH ZU SEITE 131.
S. 152: Geh zu Seite 143.

S. 155:

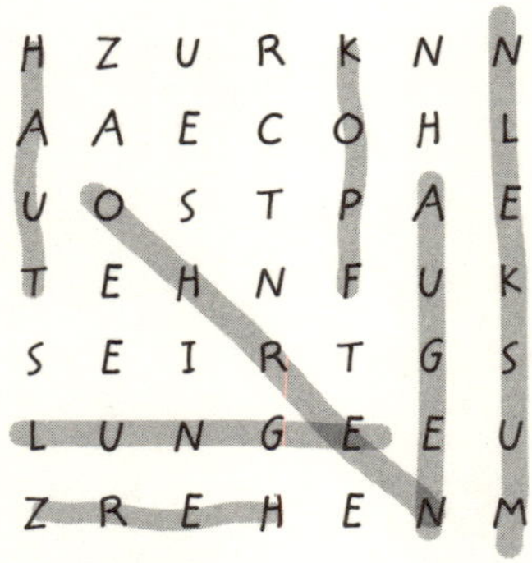

ZUR NAECHSTEN SEITE.

S. 174: Im Bild steht: GEH ZU SEITE 173.

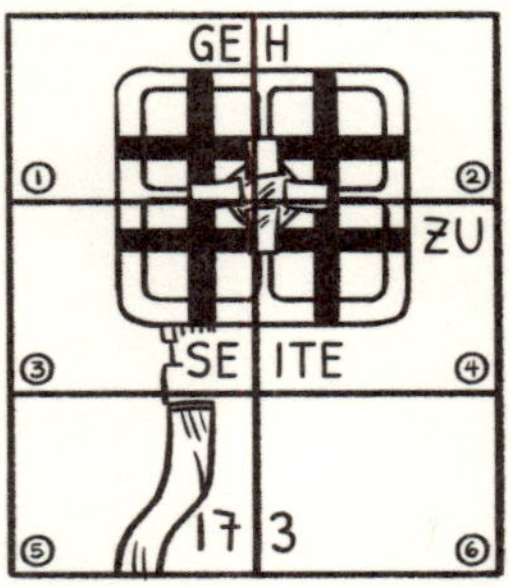

BILL DOYLE

Bill Doyle ist Autor vieler Kinderbücher, mit einer Auflage von über zwei Millionen Exemplaren. Weiterhin hat er etliche Spiele für Sesame Workshop, Warner Bros. und Nerf kreiert. „Mein glücklichster Moment als Autor war, als der geniale Meister-Entfesselungskünstler mir das Jobangebot geschickt hat, seine unglaublichen *Escape Stories* zu schreiben", sagt er. Bill lebt in New York City.

MEISTER-ENTFESSELUNGSKÜNSTLER

Lass es mich so sagen – man ist nicht als Meister-Entfesselungskünstler bekannt, wenn man nicht der Beste ist ... und genau das bin ich. DER BESTE! Ich werde dir an dieser Stelle keine Hinweise auf meine wahre Identität liefern. Du musst aus diesem Buch entkommen, um mehr über mich zu erfahren! Aber vielleicht findest du ein oder zwei Tipps auf BillDoyleBooks.com.

SARAH SAX

Sarah Sax ist Illustratorin und Comic Artist und lebt in Oakland, Kalifornien. Sie studierte Illustration, Animation und Storytelling am Hampshire College und hat außerdem Erfahrung in der Kunsterziehung. Sarah denkt viel darüber nach, wie, warum und was Leute kreieren. Sie arbeitet, um den kreativen Funken, der in Menschen jeden Alters steckt, zu fördern.